Dadong

Food Essays

如水兴心地

大董
美食随笔

大董
－ 著

SPH 南方出版传媒·广东人民出版社
· 广州 ·

推 荐 序

山水皆心地，

君子即庖厨

胡 赳赳

大董写起文章来了。我们这些写文章的，不免人人自危。他是一腔炉火，在哪里都能烧出一片天地，开辟新的战场。我们则是一腔妒火，又兼之嘴巴被他勾引，牢牢封死，"文人相轻"的功夫，断然是用不上，只得踱回书斋，暗自下些苦功。

大董的文章有锦绣之意，也写得温润。似乎是有一颗童心，未受假面文学的污染——因此写来发乎自然，得窥性灵。然而我常受不了他的细腻，觉得唠叨。我说你不要怕别人看不懂，细节多一丢丢，就成饶舌了。他悚然有悟，立马就改。这不像那个自负的大董。或者他常在自负与自谦的象限里翻滚。他在战略上极其自负，众所周知的睥睨米其林，便是一例。"眼高于顶"也有生理基础，某年米兰世博会，大董被意大利的路人认出来了，要和这个"老外"合影，大董高欧洲白人不止一头。

他意念上要"作死"也不是一回两回了。轰隆隆就把战车开到了纽约，豪掷万金；张牙舞爪要做民族鸭，要做鸭汉堡，跟肯德基爷爷叫板。终于把战线拉得长长的——或是大厨抻面术的技痒。成了，治大国如烹小鲜；败了，不过是油烹鲜鱼，两手燎起水泡而已。

要说他是堂吉诃德，终归不像。哪有这么豪富、人高马大的堂吉诃德？人家的"无边落木萧萧下"是英雄气短，他是"无边松露萧萧下"好伐。隔三岔五，从阿尔巴地区拍卖回来大块的松露，就为做一顿盛宴。豪请当下三百名流，成就京城第一饭局，大董是个"炙手可热"的人物。

有好吃的，在下时不时便去扮演一回门客。不免旁听了不少女士的娇羞之声。有的是一口"柿子焦糖布丁"下去，发出"唔唔"的声音，惊觉不妥，以手掩嘴。有的是被"松露雨"催情了，"嗷嗷"不停，那松露之雨便也不停，颇有"金风玉露一相逢"的喜感。"秃黄油"端上来，女士一勺一勺咬着吃，那"嗯嗯"之声便也未绝。

这对大厨而言，真是绝大的满足。老祖宗说，食色，性也。天性得到满足，人便知足而快乐。

大董在日常生活中又极其自谦，有时自谦到自抑。挂在口中的一句话是孟子的"君子远庖厨"——他自己是庖厨。的确，自古以来，中国人也喊厨师，却没当"师"来尊。叫"厨子"，也没当"子"来供。工作室的地位，也落得"后厨"的一个"后"字。火烧火燎地上完菜，退下。所谓上不得台面。作家写文章，别人总想见见这个下蛋的母鸡；厨师吊汤蒸菜，忙活大半天，食客不会问：请问是哪位先生出品？

历史上靠了几个文人，美食一脉流传。伊尹、易牙已不可考，苏东坡、李渔、袁枚在文字上做足了功夫，总算为美食挣回了一席之地。梁实秋当年雅舍谈吃，哪里是雅舍，他在重庆时期的寄居之地，四面透风不说，连地面都是斜坡。如此凄风苦雨之中，一个人咽着口水写美食，这是什么精神？

汪曾祺也是大董研究、参照的作家。汪之写美食、故乡风物、自然人情，皆入笔端。对恬淡生活的热爱，在平淡中发现美与真知，可以说得"淡"味之正。

在美食领域，大董可谓是"苦行僧"，时兴用"极客"来称之。大董是美食极客。为了找口吃的，不辞劳苦。从敦煌的小吃西瓜泡馍，到意大利西西里岛的橄榄和海鲜，这些年来，他挎着相机、带着队伍，天南海北地跑，可以说他的美食是腿走出来的。这样的事情看起来光鲜，其实美食之旅也是苦旅。不说别的，就是一天两餐米其林，每顿长达4个小时的品鉴你就受不了。有一次，大董还挺着，同伴已经吃得睡着了。更多次，为了表达对厨师的敬意，大董把同伴吃不完的主菜拿过来吃了——吃完是对大厨最大的尊重。

大董说，当美食家不仅要会吃，还得胃口大、体力好。中医讲究"元气化谷气"，消化功能，依赖的是人先天的能量运化能力，这已经不是体力了，是先天的底子。食禄，命也，大董的大脸地阔方圆，显然是有两个"大谷仓"。

但他最喜欢的还是投身大自然，食材亦是自然界对人类最大的馈赠。好的食材，碰到不对的人来做，那是暴殄天物；给不懂的人吃，那也是暴殄天物。一切都对了，然而若不是知音、知己相对，那也是满目惆怅。美食是总体性的艺术，既通胃，也通心。美食是心腹之欢。有人能从餐桌上看出人的心智，有人能从中体会大自然的万有所归。

陆九渊言"万物森然于方寸之间"，此言不虚。见大董摆盘陈设、精心细作，如研如画，使人为之气短。大董美食学院像个研究室，而自然界就像个田野调查的场所。大董一激灵，便要重装上阵，哈苏、徕卡配备，队友若干，在天山拍日出，在圣地亚哥拍日落。

如果仅仅是这样找好玩、好吃的地方，那也未免肤浅。大多数人心中的"诗和远方"，仅仅是逃避、放松和享乐的代名词而已。但大董却不，他用游历的方式来增长自己的见识：为什么欧洲的甜品好吃，如何引入中国？阿尔巴的白松露为什么会成为顶级食材，其运作模式的核心又是什么？为什么小店单品的思维在西方成为主流模式？

山水皆
心地

君子即
庖厨

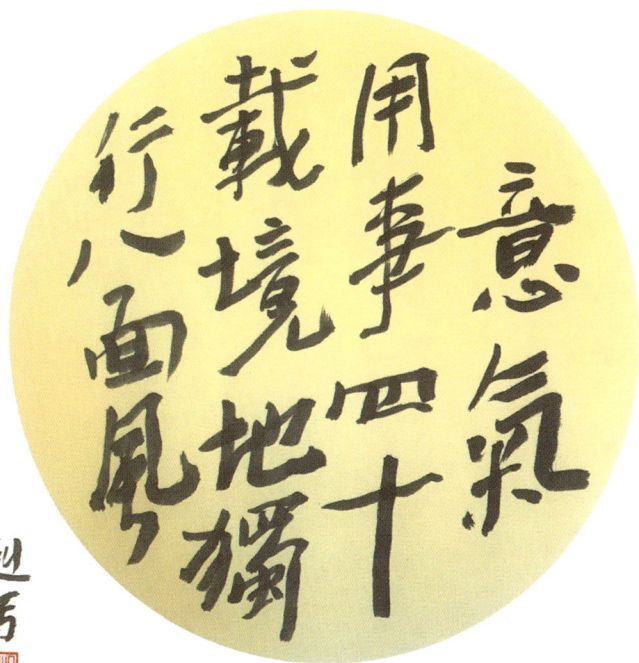

意氣
用事四十
載境地獨
行八面風

趙写

当美食家不易，第一靠腿，第二靠嘴。要去原产地，要知时令季节习性，要有审美鉴赏力。没吃到，没见到，当不了美食家。所以看起来快活的职业，背后都有难与人言的隐难。偶尔吃顿大餐固然美哉，顿顿都吃大餐就成为美食家的工伤。

喜欢旅游，把自己变成导游；喜欢美食，把自己变成美食家；喜欢读书，把自己变成出版家，这些，都是自讨苦吃。但人生的道理，不总是这样旱的旱死，涝的涝死么。马太效应让强者愈强、弱者愈弱。人对自己热爱的事物，总有飞蛾扑火的热忱——柏林告诫："不要有太多的热忱。"

尽管大董自抑为"君子远庖厨"，但没有人真这么看他。因为有个共识：他提升了中餐在世界上的地位，他提升了厨师在人们心目中的地位，他提升了烹饪在艺术上的地位。这个"三提升"是有目共睹的，我常常跟朋友讲，没有大董，中国的美食潮流可能会退步——事物不是一直演进的，20世纪80年代是诗歌，90年代是摇滚乐，21世纪最初10年是纸媒，这都是黄金时代，过了就过了。青铜器、玉器、瓷器也有它们的黄金时代，这些时代都是不可复制的。

如今，可能是美食的黄金时代。有人为你用心去做。所以，能吃就赶紧吃吧。且吃且珍惜。某年，我赠大董一副撰联：

"山水皆心地，君子即庖厨。"正是将孟子之语反用。当然，孟子的本意是君子不忍闻后厨宰杀之声。大董也有一副好心肠，他这心肠除了和他自己的格局、历史意识有关，也是从自然山水、人文传统中淘洗出来的。

现在，如何看待大董？他如今是"美食作家、美食家、美食烹饪家"三位一体。哪个放前头、哪个放后头呢？这些，大可以茶余饭后争论一下的。如果用长时段的历史观来看，食物风化以后，只剩下一些文字证据的考古罢：机器人做的饭，没有人类中那个叫大董的做得好吃。

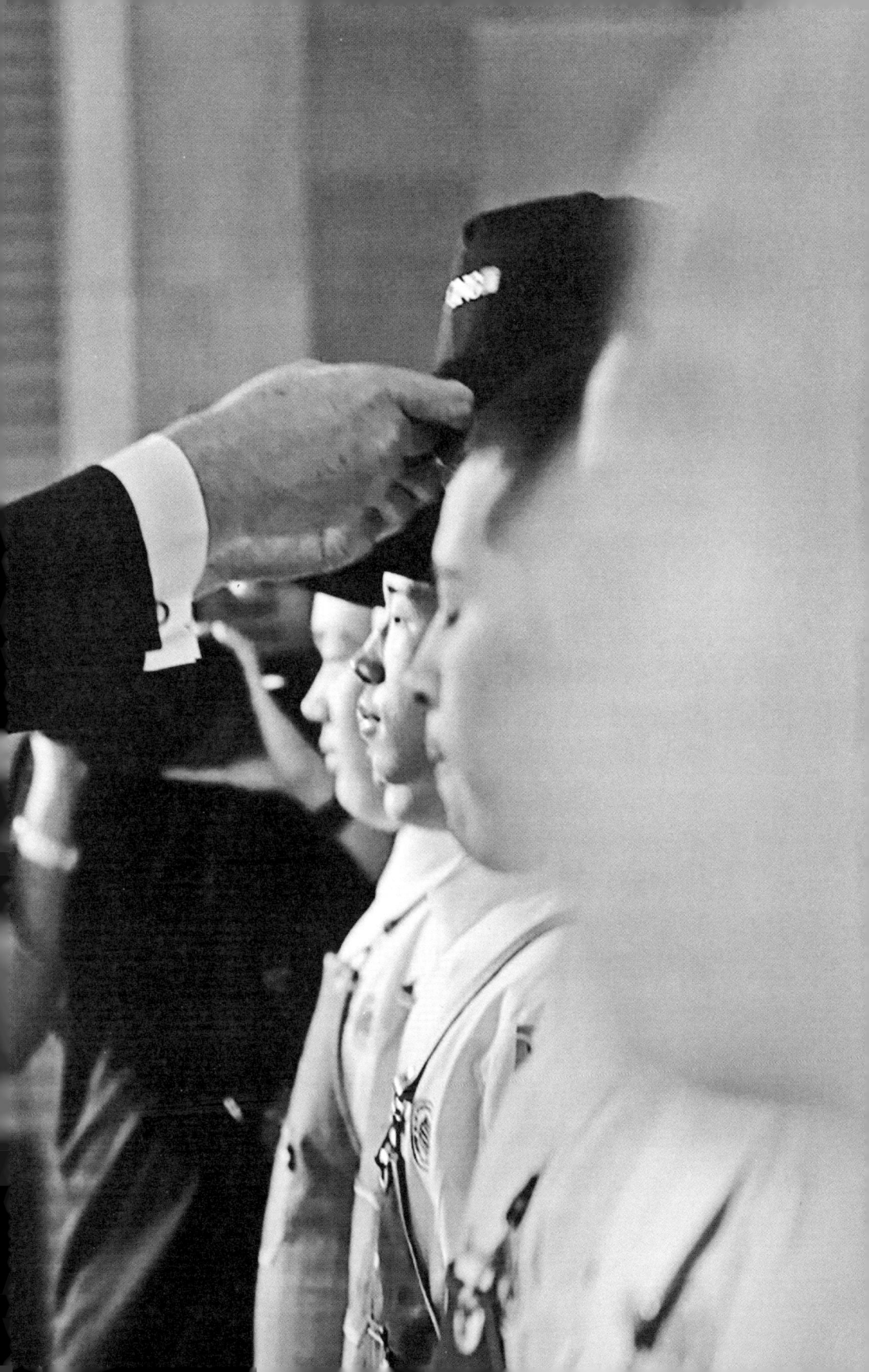

自　序

情深，

万象皆深

这个标题是林清玄菩提丛书之一的书名。

这天是父亲节，去长沙参加许菊云师傅从厨五十周年的庆祝活动。活动完，去机场的路上，送行的一个长沙师傅说："大董师傅，你知道吗？你在我们湖南厨师的心中，就像梁朝伟……"那一刻，心中只是动了一下，不以为然，只当是一句恭维的话。

车里一直在播放父亲节的节目，听着，忽然心生感动，我的厨师生涯，可以说是父亲带我进入的。今天作为一个让小厨师仰慕的名厨，其实在我心里，我还只是一个厨师，和小厨师就只不过是三十岁和五十岁的区别。年龄不一样，从厨的经历也不一样。五十岁的我，只是站在一个比较高的位置，看待厨艺，看待人生。

诗人卞之琳的《断章》：

你站在桥上看风景，
看风景的人在楼上看你。
明月装饰了你的窗子，
你装饰了别人的梦。

这一首四行诗让林清玄契合出了《在云上》。

是呀，当年，父亲退休在家，就喜欢做一些饭馆里的菜，给我们姐弟几个解馋，有时候多做一些，端给院儿里老邻居，显摆他的厨艺。父亲做的是饭馆里的菜，好像挺烦琐，我只是好奇地看，就像是看风景一样，觉得父亲的手挺奇妙的，油盐酱醋糖，一个煎了的茄子，没有肉，愣是吃出了红烧肉的味道。看着父亲那双奇妙的手，我心里生出当一个好厨师的想法，以后可以给大家变戏法，让大家吃没有肉的肉味烧茄子。父亲做菜，除了味美，配色也好看，红的、绿的，在一盘子里，像是景色里的斑斓。

二十八岁那年，我参加北京市第一届"京龙杯"烹饪大赛，全北京各大酒店、大饭庄里大厨们都来参加。为参加这个比赛，每天下班后，我把自己关在厨房里，练习到凌晨三四点钟。我的师父孙仲才先生，隔几天来指导一次；去师父家，每每是师母已经睡下，师父还叼着大烟斗，我们爷儿俩说着菜，一直到凌晨一两点钟。每天晚上，真是又累又困，还好最后拿到了金牌。拿到之后，我好一顿哭。

为了比赛，自己刻苦练习，练到闭着眼睛放调料不差分毫，练到每一个环节不差分秒。得了金牌，人生就登高了一步，各种荣誉接踵而来。人生登高一步，心境就像《断章》里的诗句一样，是一个在高楼上看风景的人。

后来的几年，因为工作热情高，公司调我去一个不太景气的饭馆当经理。年轻人有干劲儿，对待客人热情，那个饭馆的员工在我的带动下，也热情高涨，饭馆起死回生了，生意很是红火。

我的干劲让公司的领导看到了希望，又把我派到了一个更不景气的饭馆。这一次，我使出了吃奶的劲儿，终于把这个饭馆"干"倒闭了，我也"被辞回家"了。那是我人生的一个大挫折，眼望四周，犹如走进密林深处，迷雾茫茫，辨不到东西南北。

那时的父亲已经是八十多岁的高龄，因为腿脚不利索，摔坏了股骨头，只能躺在床上，但精气神很好。每天吃完饭，父亲就拿出他的宝贝，一本只有菜名的厚厚的笔记本，给我讲他记忆里的美食。笔记本里面，是用娟秀小楷工整的书写的菜名，父亲说，有三四千个菜。每每这时，父亲就神采奕奕。这时的父亲就像是一座山，让我仰望，也让我气馁，我不知道还能不能爬上这样高的山，不知道能不能到了他的这个年纪，也有这样一本属于自己的菜谱。那是 20 世纪 80 年代，

物资还很匮乏，饭馆里没有现在看来很常见的原材料。没有
材料，对于厨师来讲，那真是巧妇难为无米之炊，一切都是
空想。

父亲看出我的沮丧，有时候讲着讲着菜，忽然冒出来一句：
做菜就是要看人下菜碟，你做得再好，他没心情，也会吃不
下的；或者口味不对，你做得再好，他也没感觉，南甜北咸
东辣西酸，做菜不能一个味儿！

父亲的话，我觉得有理，我琢磨：为什么自己有那么高的热
情，却不能让饭馆起死回生呢？原来热情是不能代替经营管
理的，我不懂客人的需求。这样，在父亲的鼓励下，我参加
全国成人高考，学习企业管理。星期日不上课的时候，就坐
在床边听父亲讲他的菜。

我的另一个师父王义均先生，同样是对我宠爱有加，倾囊相
授。我的董氏烧海参就是在王义均先生的指点下，慢慢成熟
起来的。在这道菜里，王义均师父将自己的全部制作经验，
点点滴滴教授给我。每当我对葱烧海参有了自己的一点体会
时，师父总是大加肯定，爷儿俩直抒胸臆，乐不可支！一直
到现在，每有疑惑，或当面请教，或打一个电话，没有客套，
像和父亲当年一样，而后，师父再三追问，还有什么要问

的……这时候，心里暖和和的，有师父真好！

值得大提特提的还有几个人，一个是我的三哥崇占明，我们虽然没有义结金兰，但他却像亲兄弟一样待我。他是北京市高级技师考评办的职员，当年每有北京高级技师考评的时候，他就把我带在身边。考评员们都是那个年代各大饭庄的老师傅，都是泰斗级的人物。后来这些人，都被北京市政府授予了国宝级厨师的称号，像北京饭店的川菜厨师黄子云先生，峨眉酒家的川菜厨师伍钰盛先生，北京饭店的粤菜厨师康辉先生，晋阳饭庄的金永泉先生，北京饭店谭家菜的陈玉亮先生，我的师父王义均先生、孙仲才先生……这些师傅在考评时，除了讲菜的色香味形，还讲菜里的故事，话语间，娓娓道来，引人入胜。我坐在一边，像小学生听老师讲故事，甚是过瘾。那个时期正是我爬山登高的时候，和这些师傅在一起的时间长了，就看到了高峰顶上的无限风光。

还记得金永泉师傅给我讲茸、泥、鳇，手把手地教，这是他的绝活。一般的厨师做泥茸菜，是一斤鱼肉加六两水，金师傅却能加进去一斤二两水。就在大家都认为肯定失败的时候，他却神奇地做出一个个围棋子一样的茸球，软塌塌，光溜溜，入口如黄油般化开！看得人目瞪口呆。

登上险峰，天高地阔，风光无限。一个老厨师将自己一辈子的技艺绝活就这样传授给一个爱学习的门外弟子，犹如晚霞嫣红壮美，而他已是飘逸高远，自在成空。那时我经常去金永泉老先生家，老先生总会问，店里的生意好不好？客人喜欢不喜欢泥茸菜？在制作泥茸菜上还有没有改进的地方？每次告别老先生，金师母总会将家里珍存的晋阳饭庄五十年代开业时的山西老陈醋给我带上两瓶。

我还有一个川菜师父，北京饭店的魏金亭先生。有一年，工作忙得昏天黑地的，魏师父打来电话说，想徒弟了，让我去家里吃饭。我急忙开车去了。到了师父家里，师父已经包好了我最爱吃的韭菜馅饺子，爷儿俩一边吃着饺子，一边聊着天，全然和每次聊工作、聊厨艺不一样。这一次全然是家常话，东西南北，海阔天空。魏师父爱吹牛皮，这次吹得更大了，吹到兴头上，对着我唱了一段马连良的《空城计》。你别说，还真有几番神韵。但是师父的牛皮还真不是吹的，七十岁的人了，还能来一个打虎上山、凌空劈腿呢，把我逗得哈哈大笑。聊一会儿，师父就会带出一句，"大董啊，工作要干，身体更要注意！"原来师父特意叫我来，是让我休息一下啊。

20 世纪 80 年代，北京有一个京华名厨联谊会，会长是李士靖先生，老先生如今九十多岁了，是一个对中国烹饪文化贡献极大的人，他将北京各方菜系坐头把交椅的师傅的绝活悉心总结、整理，编成京华名厨联谊会菜谱。联谊会一共有五十六个会员，我和王义均师傅、孙仲才师傅师徒三人同时入会，我是唯一一个徒弟辈的会员。在那个时期能见识各位大师们的技艺，对我今天的成绩作用非凡。没有李士靖先生的爱护和鼎力推举，我是没有资格进入这个大师云集的名厨联谊会的。写到这里我已是不能自已，泪流两行！

"站在楼上看风景，以为自己很高了，站在山上往下看，楼又变小了……，山上也并非终点，从云端看下来，山低月小，一切是非成败都无关紧要了。"

"同一个风景，你在桥上、楼上、山上、云上看来却是完全不同的。"林清玄说。

今天，我站在前辈的肩膀上，站在风光无限的险峰之上，翘望云端。云端之上，我的前辈们，在召唤我，彩云之上，还不是人之归途。还有天上的父亲，捧着他的菜谱，回首看我。天上人间，自成一体！

目　录

桃花泛

江南春

東西客

自然味

桃花汛

大董的椰汁汤圆

那年正月十五吃元宵

我 22 岁那年，刚参加工作，就赶上过元宵节。

老师傅带着我们几个学徒摇元宵。正月十五晚上，元宵早已卖光，只剩下留给饭馆员工分的了。

分完了店里员工的，就剩下我们几个摇元宵的了。

分的元宵，每个员工 2 斤，每斤 30 个。销售的和员工分的都是正常蘸了三水的（蘸一次水滚一次面）。我们几个学徒嘀咕说，咱们自己摇元宵，何不多滚两次水，分点大个儿元宵，近水楼台，占点小便宜。

说干就干，我们将蘸水换了清水，又换了新面。这样又蘸了两次水，还嫌不解气，让元宵在元宵机上滚呀滚，直到再也沾不上面为止。看着比其他员工的大得多，像大几号乒乓球一样的元宵，兴冲冲地赶回家显摆去了。

到家快 10 点，坐上锅、煮元宵。把已睡了的姐姐也叫起来，坐在一旁等着吃。锅里煮的元宵，个儿倒是越来越大，但就是心儿硬、煮不透。点一遍水，煮一开；再点一遍水，再煮一开。一开一开的，不知点了多少遍水，左等右等，一直煮到快凌晨一点，元宵都像一个个的小馒头了。

实在等不了，捞起看看，元宵心儿里还是白的——还是没煮透。

这便宜占的……

香椿的追随

香椿也许不知道，喜欢它的人对它趋之若鹜，不喜欢它的人，避之犹恐不及——就是那飘过来的点点味道也受不了。

我正是从不喜欢到嗜吃，甚至成了癖。

香椿有如昙花，虽非一现，但从出芽到谷雨前后，也就是短短的十天左右吧。然后，你看着它长成枝，变成桠——口中的美味融进暮春的绿色之中。

在微风中，树枝轻轻地摇着，枝叶"哗哗"地响着。香椿好不得意，给追捧它的吃主儿留下了明年的念想。

今年，最早吃的香椿是熊丽托朋友带给我的，她是北京文艺电台的主持人，让在西安的母亲采摘了自家院中的香椿。

而后，同事从安徽休年假回来，捎带了家乡特产：安徽太和的香椿。啊呀！那个香味确实浓郁。吃完，看过包装，才得知这香椿是大有来头的：安徽太和的香椿、江苏徐州的香椿、河北迁西的香椿并列为全国三大著名香椿品种，而河北迁西的香椿又是有名的贡椿。

大董的香椿豆腐

我大喜过望，从地图上看，迁西离北京也就是两个小时的车程。次日，司机载我去了迁西。

上京沈高速，车过丰润，向北再去一小时左右，开始一路打听，沿途的人们都知道迁西的景忠山产香椿。

到迁西，进景忠山，却没有想象的那样雄伟出奇，山不高且貌似平常，甚至略显卑微。然而山门前的那棵老香椿树，倒显得苍劲挺拔，说明牌上说它有近三百年的历史。它的树皮斑驳支离，像上了年纪的乡下老人的手，由于终年劳作而粗糙。它的虬枝弯曲着伸出老远，好像要在每年的盛夏多给人们一些阴凉。

"桃花泛" 何世尧 – 摄影

桃花泛

昨晚一道桃花泛，却引得佳人泛桃花。

翻出这张旧照片，思绪万千。此图于 1983 年 9 月由新华社著名摄影师何世尧先生所摄。

1983 年，首届全国烹饪名师技术表演鉴定会（第一届全国烹饪技术竞赛）上，北京康乐餐馆的常静老太太将桃花色的酸甜酱汁挥洒于刚出锅的虾仁锅巴之上，随着快意的"噼啪"之声，满室甜香，徐徐飘散。虾仁锅巴更是色泽红润，犹如桃花绽春，漫山红遍。此菜一出，四座皆惊。常老太太凭借这道"桃花泛"摘得全国十佳厨师桂冠。

时年，摄影大师何世尧为拍此菜，更是煞费苦心。如何将有形美味的玉盘珍馐嵌入无边无际的意境空间中去呢？何先生以一块玻璃"透漏"投影之杂乱，使其不影响全景；较高的俯摄角度，使菜肴完整地"溶入"满眼桃花之中，而又没有菜肴盛器污损之嫌；光圈大小的景深运用，使虚实分寸随心而定。如此方成此"桃花泛"摄影佳作。

大董的油焖大虾

"大董"之"桃花泛"（油焖大虾）承前人之美，将大虾用温油煎两面，虾皮泛红后，投入姜丝，轻拍虾头，使虾脑溢出，立时，油色红艳，虾香浓郁。继而注入清水，加白糖、盐、料酒小火焖透，收汁。汁浓如蜜，鲜甜虾油中泛着鲜姜的丝丝辣意。

每年桃花盛开时，渤海春虾从外海洄游，入渤海湾产子。此时虾体墨绿，肉质醇美。据记载：渤海"海中有虾，长尺许，大如小儿臂，渔者网得之，俾两两而合，日干或腌渍，货之谓对虾"。

旧时北京，桃花盛开后，尽见挑担卖虾人，一声"豌豆绿的大对儿虾！"引得胡同里大人、小孩围观嬉闹，口水涟涟。若是谁家买得烹之，则整条胡同泛溢着大虾的鲜香，墙上映着殷殷的桃红，不知是对虾的颜色，还是桃花开满了街巷。

"泛"有漫溢之意。观"油焖大虾"其色，桃红如翡脂，几欲滴出，此为颜色之泛；品其味，鲜甜艳美，春味充盈，此为美味之泛；那桌上花枝，盘中粉瓣，浸染着一店春光，此为春色之泛；食客恋其色、香、味而迷醉其境，如沐春光，如啖春露，而万里春光，不过一盘之上，此为意境之泛。

这就是春天的馈赠——"桃花泛"。

奶汤大明湖蒲菜

蒲菜上市，夏天开始

先是雪化后柳树芽儿那一片鹅黄；孟春料峭中的早韭、青涩春笋；仲春就着大头菜的清甜；玫瑰花开，吃玫瑰饼；油菜花也开了，餐桌上一抹春光的明媚；花椒树上嫩芽生出花椒的茸苞——春的味道愈加浓郁。到了吃香椿面的时候，春天就要结束了。

季春总是让人悲情，嘴巴里似乎没了念想。

大可不必春去夏忧清，随着食材的转化，嘴里是一年四季的味道。最能够鲜明划分季节的食材，莫过于春夏之交的蒲菜。

蒲菜上市，夏天开始。它素雅清淡的气息连着春的韵律，接着初夏的节拍，使得平淡的春夏之交，多了一份美味的期待。

这两天，朋友送来蒲菜给我尝鲜。蒲芽嫩白，味道清淡——竟至淡出雅味。请几拨京城的朋友品尝，却没能说出是什么。可能这些年食物太丰盛吧，蒲菜似乎淡出人们的视野；然而它微而不卑，淡然而不热烈，偏安而不惹目。一如春夏之交的人间时节。

奶汤蒲菜是鲁菜里的名菜。早年的菜谱，奶汤蒲菜作为鲁菜我小的时候，家乡的湖边水塘，遍生香蒲。印象最深的是八九月份，湖边小河中一片片蒲草长出蒲棒，折下蒲棒后，小伙伴们互相追打玩闹，这是小孩子独有的欢乐。

北京夏天蚊子多，大人会采下蒲棒，晾干，用它熏蚊子。小孩子点燃蒲棒在院子里疯跑，划出一道道光亮的线条。

一个院子，几家邻居。人们摇着蒲扇聊天，现在想想，都是市井风情画儿。

想着蒲菜，就去了郊区朋友家的农场。水塘里是大片的芦苇，前一年枯萎的芦苇花和叶子随风摇曳，芦苇中夹杂着一丛丛茂盛的香蒲，只长出水面一尺左右。

枯黄和嫩绿，层次分明，倒也好看。蒲棒要到七月份才能露出头，现在看不到，可脑子里都是挺立的参差不齐的蒲棒随风摇摆着，让人心生遐想。

农场里紫藤花刚刚开过，藤下一层紫色花瓣。看着紫藤花，想起梁实秋的话，"紫藤花开，吃藤萝饼；玫瑰花开，吃玫瑰饼"，真想把这花儿撸起来，做几个饼吃，但还是忍住了，咽咽口水也解馋。

丁香花开得正盛，随风飘来都是浓郁的香。槐树花也开了，白色的槐花白得纯净，紫色的槐花紫得亮丽，这样的景色要是摘下吃，真的让人心生怜爱，怕是不忍了。

路边墙内，高高的槐树上一串串的槐花不住地点着头，像是在和你说夏天真的来了。少年时代，看过一本小说，书名是《七里"奶汤的技艺",可谓最重要的体现,和"奶汤鲍鱼芦笋"齐名。岂止是齐名,奶汤蒲菜径直排在奶汤鲍鱼芦笋的前面,奶汤鲍鱼芦笋只是"抬轿子"的。

鲁菜在中国四大菜系里以清汤、浓汤和奶汤的调制出名。清汤在这几十年里应用得特别广泛,而奶汤则快要绝迹了,手艺亦近乎失传——以至于有的电视节目里制作奶汤要用炒面来增加稠度,令人哑然失笑。

奶汤制作的一些菜品很少见到,如炖的菜品:奶汤火腿炖冬笋、奶汤砂锅鲫鱼、砂锅肉片酸菜粉。扒(pá)菜里面有:奶汤扒双菜(大白菜、油菜)、扒鲍鱼芦笋、扒四宝(鲍鱼、海参、鱼唇、裙边,裙边是鳖的甲壳外围裙状软肉)、扒芦笋二色(鲜芦笋和罐头芦笋)等。

蒲菜正是用了上述两种扒和炖的烹饪方法,即奶汤扒蒲菜和奶汤炖蒲菜。

蒲菜清雅而奶汤浓郁,应了袁枚的话,素菜荤味做,这是过去的做法。现今,消费理念变了,讲究健康,当然也可以用清汤炖,用橄榄油炒。尤其是夏天到了,口味偏于清淡。

蒲菜生长地域广,山东济南大明湖者有殊名。还以微山湖、江苏淮安万柳池、天妃宫月湖以及高邮湖为盛。雷州半岛也有大面积生长,只是做蒲团、蒲扇、编织,与吃无关。扬州菜里,蒲菜仪态万方,烹调方法多样,拌、炝、炒及做馅、煲汤等——春末夏初的蒲菜是扬州菜最美的风景。

月槐花香》，后来看电视剧《五月槐花香》，总是嘀咕到底是哪个说错了，我想可能谁也没有错，北京是五月槐花开，小说不知道写的是哪个地区，十里不同风，百里不同俗，节气更是如此（注：五月洋槐花开；七月国槐花开）。

出来的时候，回头又看看那片池塘，看着一簇簇的绿色，心念如昨：春不逝，夏有香。

果中尤物：油梨与咯吱的爱恋

好多年前，在香港烹饪大家麦志诚先生的教科书里，多次看到油梨的图片和介绍。虽然麦先生对它的评价甚高，但从图中看，它外表粗糙、颜色黑绿，没有让人动心的理由，所以一直以来并未对它有什么感觉。

有次去黑松白露日本料理店，王进忠师傅请我吃饭。我喜欢吃日本料理，它清秀、俊雅，注重食材的品质。但是多年来总感觉味型变化不大，除了鲜美以外，很难再有恭维之词用在对味的褒扬上。

那天王进忠师傅精心准备了不少菜，寿司就不下七八种。其中的那款贴覆着一层嫩绿色的寿司着实让我着迷。先是那层绿色，嫩绿得那么润亮，像初春的翠柳新芽，有着朝露浸润的清新。我不由得多看了它两眼，又不由得伸出筷子多夹了两块——这一下子就让我欲罢不能，那层绿色在口中化掉了，牛油般的腻香中挟拖着淡淡清香。

问了王进忠师傅，说是油梨寿司，恍然间知道了油梨名字中

"牛油"二字的含义。

油梨，又名鳄梨、酪梨、奶油果。有"森林黄油"之美称，为樟科鳄梨属常绿乔木，原产于墨西哥、厄瓜多尔和哥伦比亚等国。因其果实含油量高，热带美洲人把它当作粮食食用。这种引人瞩目的热带、亚热带新兴名果，被欧美许多国家视为果中珍品。

油梨为肉质核果，成熟时果皮从黄绿色、红棕色变为棕色，果肉质地细腻，味道鲜美，似乳酪，有核桃的香味。鲜吃的方法有些特别，要将果实剖成两半，取出似乒乓球大小的种子，果肉拌上盐、咖喱、胡椒粉等调料，又成为地道的凉拌菜。果肉若用作配料制成高级油梨冰淇淋，非一般冰淇淋可以媲美。

食用油梨鲜果，不仅有独特的水果风味，还可获得丰富的营养。与一般水果相比，油梨的果肉含脂肪量高达 30%，为香蕉的 20 ~ 200 倍、苹果的 40 ~ 400 倍，故有"树木黄油"的美称，可与黄油（又称奶油）比肩。而它所含的脂肪大部分属于不饱和脂肪酸（即含胆固醇少），极容易被消化吸收，其消化率达 93%，更适宜年老体弱者调养身体食用。另外，油梨还具有高蛋白、高能量和低糖分的特点。蛋白质含量达 1% ~ 3%，为苹果的 6 ~ 7 倍；普通水果每磅所含热量只有 75 ~ 400 卡，唯有油梨为 1056 卡，发热值比谷类还高出 75% 以上，故其又有"粮食水果"之称。

油梨这种集果、粮、油"三千"宠爱于一身的果中尤物，用一层丑陋容妆掩住自己的奢华。也许是它知道，唯有真正懂得美

烟熏老干妈三文鱼油梨卷

味的人，才会丝毫不计较它朴实的外表，而对它爱不释手、念念不忘吧！

我一直在为金枪鱼寻找更奇美的姻缘组合。这天品尝了王进忠师傅的油梨寿司之后，像是听到了油梨和金枪鱼的窃窃私语，又迷蒙之中听不清。这样一直持续了两三天时间，渐渐地，用油梨切片卷金枪鱼的做法，越来越顽固地左右了我的思想。就这样吧，一道新的油梨菜品诞生了。

然而总觉得单调了一些。几次试验后，金枪鱼油梨卷成形的那天，中国烹饪大师王海东先生来访，为我带来了老北京的风味小吃"炸咯吱"，这是我爱吃的小吃。我打开包装后，吃了两个。突然感觉到一种神奇和灵运在支配着我，我想这就是上天的安排：金枪鱼油梨卷配咯吱，应该是绝配。一个最洋味，一个最土味；一个口感肥香绵软，一个松酥香脆；是"阳春白雪"和"下里巴人"的旷世奇缘……

端午节董粽

中国的粽子太多了。

天南海北，无论味道还是品种。

北京有白粽、红枣粽、豆沙粽、果脯粽；广东有火腿粽、咸肉粽、蛋黄粽、叉烧粽、烧鸭粽、香菇粽、虾子粽、莲蓉粽、绿豆沙粽、红豆沙粽、栗蓉粽、枣泥粽、核桃粽等；苏州有鲜肉粽、枣泥粽、豆沙粽、猪油夹沙粽；嘉兴有鲜肉粽、豆沙粽、八宝粽、鸡肉粽；宁波有碱水粽、赤豆粽、红枣粽等；台湾有猪肉粽、豆干粽、竹笋粽、卤蛋粽、香菇粽、虾米粽、萝卜干粽、栗子粽、芋头粽……

粽子在中国，历史久远。总的来说，品种越来越多，味道越来越丰富。

米饭有多少种，各种做法的菜肴有多少种，粽子就能有多少种；甜品有多少种，粽子也能有多少种。当然，国外的食材也可以加入进来。这样一想，中国人的嘴真是"博大"。

我还有一种粽子，是用西班牙伊比利亚黑猪火腿包的糯米饭，

大董伊比利亚火腿粽

到底是叫粽子火腿呢，还是叫火腿粽子呢，一直在犹豫如何给它定名。

于是，经常针对不同的人，给它临时起个名字：见到西班牙人，我就叫它伊比利亚黑猪粽子火腿；见到意大利人，我就叫它帕尔马粽子火腿；甚至见到云南宣威的人，我就叫它宣威粽子火腿。

有一次，日本大美食家山本益博来北京找我吃饭，我就给老先生做了这个火腿包米饭。

安排菜单的时候，我还真动了心思，想了想就起了个名字：火腿寿司。宴会上，山本益博眯起眼睛，像吃寿司一样，一口将这个火腿寿司放进嘴里，点着头说："没吃过，没吃过。"

那年，我去西班牙伊比利亚阿果村，看我想看的黑猪。一路上和火腿干上了，上顿是火腿，下顿还是火腿。早餐有火腿，午餐还有火腿，晚上出去喝酒还是火腿。吃个 Tapas（西班牙轻便小餐）里面有各种火腿。分子厨艺多先进？没有分子火腿。我总是想有机会给它改改吃法。

变花样也需要因缘。我认识大美食家沈宏非好多年了，这些年更成为好朋友，我一直尊称他为沈老师，好朋友在一起就经常吃吃喝喝。和沈老师在一起吃喝，基本上都是我在默默听他和朋友们聊天。听沈老师讲各种段子，更想听他按别人的话，他接别人的话总是意料之外的奇思妙答。

当然，他还有很多奇思妙想，一次他和我们讲：半夜饿了，

打开冰箱，里面只有片好的火腿片和米饭，没办法，只好把米饭
熥了熥，用火腿裹上米饭将就吃了。虽然是将就，沈老师说到这
儿的时候，一脸过瘾。听得我也是过瘾地咽口水。

回去后，我就用火腿裹了米饭，用马莲草拴上，做成粽子样，
后来上了菜单。

马上又到端午节了，这个用火腿裹米饭的寿司，还是叫粽子
吧，"董粽"如何？

霜味

立冬的太阳透过玻璃窗照在身上，暖烘烘的。

窗台上晾晒着一排排柿子，软塌塌的，诱人。

黄栌树叶已经火红了，远处院墙边柿树上一簇簇的丹柿，点缀着审天白杨金色的明黄。

这是深秋的最后景致，一只老黄狗眯着眼睛晒着暖阳。

立冬那天，忽然想起了那句老话，"立冬不端饺子碗，冻掉耳朵没人管"，就去了一个种菜朋友的农场。快到农场时，远远看到一簇簇火红的丹柿挂在树上，从院墙上露出，招惹得一群黄鹂贪婪地啄食，破开的柿子汁液流淌在枝丫上。

农场大棚里，蔬菜都水灵灵的，势旺。当季的，则有大白菜和各种萝卜。

大棚外，一畦畦的大白菜排着队，伸向远远的田边。

大白菜已有尺把高了，一棵棵簇拥着。还没有束包，张开的绿叶子十分透亮。叶片上的小刺儿，毛茸茸的，扎手。菜心儿，是嫩黄的芽白。

朋友也姓董，老董让伙计砍了两棵菜，拿回厨房包饺子，又顺道拔了几棵象牙白。

老董拿了窗台上的柿子，洗了让我吃。

霜降后的柿子，早已不涩口。软软的，捧在手里，咬开一个小口，嗫柿汁。凉凉的，甘甜如饴。

吃霜打的软柿子，最为留恋的是里面的小柿舌，软而脆。久久地含住，像是回味初恋的味道。

厨房里，伙计们剁着白菜。白菜还嫩，剁着剁着这水就下来了。为了让水出透，还要加一点盐。水出透了，两大棵白菜就只剩下一碗了。

饺子热腾腾地出锅，趁热吃了，香是香，但总觉得有点水气。老董说："就是啊，这大白菜还嫩着呢，还不到好吃的时候。过了'小雪'，砍倒的大白菜让霜一打，再经过几个晾晒，让水气出透，那时候再吃，就是另一个味道了。"这话没错啊，什么吃食都有个时令，大白菜好吃，一定要挨过了雪。

过了"大雪"，大白菜经过几次晾晒，水分干了。不管是炒着吃还是熬着吃，或是拌上猪油渣蒸团子吃，都香。过年包上一顿猪肉白菜馅饺子，掐上几根韭黄，让人美上一春天。

中国人吃食，讲究节气，古来就有。六朝的时候有个老人家喜食素食，文惠太子问他，啥素食最好吃，他说"春初早韭，秋末晚菘"。这个"菘"就是大白菜，而且一定要是经过霜打雪冻过的。

远处院墙边柿树上一簇簇的丹柿

只有不畏严寒的松树才能和这个时候好吃的大白菜相比。好吃的大白菜不但味美，还让中国人比喻得高尚起来，具有了松树刚毅、高洁的品格。但我一直对"秋末晚菘"有不解，如果说大白菜好吃，应该是"大雪"后，"秋末晚菘"可能是老人家和"春初早韭"的文言对仗，如果是，就是另外一回事儿了。

说起这霜打的好吃的菜，又想起一个美食节，2009 年 12 月去吴江震泽镇。多少年过去了，但在震泽品尝过的一顿饭，至今念念不忘。那也是一道经过霜打的菜，"香青菜"。

在震泽，无论是居家饭菜还是待客之宴，饭桌上都有一盘香青菜，可谓再寻常不过。对土生土长的震泽人来说，茂盛的香青菜就生长在方圆不过十里之地。家家户户的田间畦边，随时就可以揪几把儿，炒上一盘菜，美美地享受一番。

对于外来的人来说，香青菜却是个新鲜物了。人们每每尝到它，都会对它的清香滋味留下美好的印象，这也就成了震泽人的骄傲。那天中午，我在吃了一口香青菜以后，立刻被它独有的滋味吸引了。

震泽镇的镇长饶有兴趣地说："这个'香青菜'，又叫'绣花筋'，是震泽独有的菜。"酒楼的经理接着话茬儿说："这个'香青菜'现在正是上市的旺季，到了霜降的时候，或是第一场雪后，哇，味道最佳……"

这香青菜的味道真是好。它有着一股萝卜缨的味道，但比萝卜缨的味道要清淡许多，只是隐隐约约，又有股浓郁的清香。吃

大白菜好吃，一定要挨过了雪　李毓琪－摄影

在嘴里还有嚼头，真是让人吃了还想吃，一直停不下筷子。

大白菜分青口大白菜和白口大白菜。产地不同，味道也不一样。香青菜也是。香青菜有黑叶、黄叶、绣花筋之分。味道最美的是绣花筋，因叶脉绿白色，宽且明显，呈网格状，才有了"绣花筋"的美名。它不但有一个好听的名字，而且在所有香青菜里口味是最佳的。

为什么香青菜和大白菜都是在霜打后才有了绝佳的口味呢？原来，这些植物里的淀粉在植株内淀粉酶的作用下，由水解作用变成麦芽糖，又经过麦芽糖酶的作用变成葡萄糖，经过冷冻脱水，青菜才香味突出，回味甘甜。

那天最后的主食是香青菜糯米菜饭，绿菜、白饭、琥珀色的火腿，饭里泛出油来……这白饭、青菜一相逢，真是胜过了无数人间美味。

冬笋的青葱岁月

初识竹笋，已是入厨行的第二年。

那是 20 世纪 80 年代，店里供应的菜品已有笋迹可寻。菜名为"滑熘鸡片"，其中鸡片是主料，玉兰片是配料。那时，凡占着"鸡"字，必是很高档的菜肴，素鸡除外。

另有一回，师傅给众徒工演示"三鲜汤"（"三鲜汤"在我们饭馆里是不供应的）。他满脸郑重地说："这三鲜汤是要用鸡芽子（鸡里脊）和海参片、玉兰片的，一只鸡也就两条鸡芽子。大户人家也不常吃到，老百姓也就听听名儿吧。"徒工们听得很是惊诧。仿佛这鸡芽子、海参片、玉兰片，不是鸡、不是海参、不是笋，而是金银。

玉兰片，实际就是冬笋的干制品。因其色皎白，其形微曲，修长素雅，酷似玉兰花瓣而得名。初见冬笋干，却不知此美名何来。那干笋卧于水池中，像是逃荒而来的老妇，干巴瘪皱，满身灰土。遍遍清洗后，洁净许多，却仍是土黄色，仍是干瘪。许是饥饿已久，一时半会怕是不得光鲜。

在那个物质匮乏的年代，只知干笋而不见鲜笋

玉兰片属高档干货，发制高档干货的活儿都要师傅们亲自来做。师傅发制玉兰片很是耐心，像是伺候饥患中的病人——用水清洗干净，上灶以小火煲煮，此后就不能再用清水，必是米汤才可。为的是以稻米琼脂之白将玉兰片之灰黄夺去。

这个"夺"字很有意思，在餐饮业，一般的清洗叫"漂"。"漂"者，多是漫不经心，洗几遍即可。而要除去原材料的腥膻恶臭，需用"夺"。"夺"字，有强制之意。如遇"桀骜"山珍，脏腥秽气缠身，则用干贝、海米、老鸡，以三味香鲜来"夺"浊气。若"夺"之而去，此山珍便修成正果，位列上品；如若不能，即成废料。用"夺"字便是下了决心，必使其成材！"夺"去了脏腥气，剩得鲜香气，就能够上得台面，更能"出人头地""一冲上天"了。

玉兰片被米汤一遍遍地"夺"去土黄，渐渐地变成灰白色，又许久，灰色褪尽。久病的人儿沉疴已去，慢慢痊愈了。这时候的玉兰片，白得光鲜，白得玉润。看着它圆润饱满的曲线，你就会相信那是一朵盛开的"玉兰花"。

文徵明有诗《玉兰》曰："绰约新妆玉有辉，素娥千队雪成围。"此时的玉兰片大略如此。

北人不识南货。在那个物质匮乏的年代，只知干笋而不见鲜笋。四九城中，提及"玉兰片"，人人竖指；说到鲜笋，却是个个摇头。

三月末四月初，北京正是青黄不接时。家家的冬储大白菜已快断顿，新鲜蔬菜还没上市。菜市场里偶有卡车卸下成堆带着泥土的竹笋，黄皮泛黑。白居易曾在《食笋》诗中感叹："久为京洛客，此味常不足。"胡同里的人们见此物，稀罕、好奇，却没有对大白菜那般亲热。一堆竹笋堆在菜市场里，几天也不见少了多少。

我们四合院里，邻居的姑爷是南方人。有天下班来看岳父母。路过菜市场，捎带蔬菜。但见一人高的笋堆，无人问津。他是喜出望外，将贱卖的竹笋装满一筐，置于自行车上，推着车回了丈人家。一进院门便高声喊道："爸！妈！"丈母娘满心欢喜迎着姑爷，却见一筐的竹子头，立时"演起川剧"，变了一脸不高兴来。

那是我第一次见到鲜笋，虽不知其味，却印象深刻。打破了脑袋中"吃竹笋就是吃玉兰片"的框框儿。

知道南方人爱吃笋，最早得自书中。之后天南地北地走多了，知南方人爱笋，丝毫不逊于抱着大白菜过冬的老北京人。

长江以南，随处见竹。少则数株，多则郁郁葱葱，漫山遍野，一旦走进，遮天蔽日，名曰"竹海"。

第一次"下海"，是去四川探望友人。公路盘绕山间，汽车开着开着，便一头扎进竹林深处。那公路依山盘绕，片刻便蜿蜒于竹林中。但见碧屏舒展，翠墨掩映，遮了去路，亦不见来路，仿若迷于长卷中。

忽而天光乍现，竟是行到高处，无边竹林，已在足边。俯瞰身侧，满是绿色，摇摇晃晃，似波浪相逐。然海浪为蓝白色，这浪却是碧绿。真真便是竹海。

转过山去，下了主路。沿乡间土路颠簸，汽车慢慢悠悠，行驶于竹林野径。路边的农家房舍，都缠裹在一簇簇的绿竹中。不知是先盖了房子，后在房舍墙根下栽种了竹，还是在竹林中砍出一片空地盖房。只觉苏东坡写于四川眉州的"宁可食无肉，不可居无竹"，正由这般情境催生。

那也是第一次真切地吃到竹笋。竹笋咸肉汤、竹笋炖老鸡、泡菜炒笋……南方人真是把竹林当成了菜园子。

说实话，我不觉得鲜笋有多么鲜美，还总是塞牙。那不时袭来的"涩"，驱逐了我的好奇和酝酿了许久的好感。那涩味像是令人讨厌的闹钟，在睡得最香甜时，将你从美梦中吵醒。梦中美好像云烟朝露，霎时间无影无踪，只有令人懊恼的铃声，响彻耳际。

腊肉我爱吃，泡菜我爱吃，鸡汤我更爱喝。斯等美味，当与"凤肝龙髓"同煮，为何要与涩笋"共浴"？每每欲大快朵颐，却逢那"涩"。不知南方人为何喜欢这个？

这些年去的地方多了，对南方饮食有了更多体会。南方人爱笋，是因为竹子在其生活中就像朋友。邻竹而居，与竹相依，一代一代演绎出诸多的竹笋菜……

"腌笃鲜"是道上海竹笋菜，有典型意义。竹笋青涩、清新，从口味上讲即是"寡"或"瘦"。当然，在素味中清新怡人的菜不少，如嫩黄瓜，但黄瓜除清新外还有些许的甜，即清甜。有了这甜，口味上就不那样寡，可生吃，可清炒，也可与肉片同炒。

尤以生吃或素炒口味最佳，就像清甜的小女孩，甜美多过青涩。竹笋却青涩而瘦，欲让如此寡瘦的竹笋怡人，需将它丰满些。

在烹饪上，唯有与肥香的味道"联姻"。这种哲学，李渔在他的《闲情偶寄》里早有说明："以之伴荤，则牛羊鸡鸭等物，皆非所宜，独宜于豕，又独宜于肥。肥非欲其腻也，肉之肥者能甘，甘味入笋，则不见其甘，但觉其鲜之至也。"

这里竹笋是主角，肥肉是配角，或者说是为竹笋作嫁衣。

另一个典型意义：在这道"腌笃鲜"里，竹笋充当了"第三者"的角色。不管从哪个角度理解，笋都在和鲜肉、咸肉发生着关系，并以平衡这种复杂、微妙的关系为己任。咸肉或鲜肉单独成菜各炖一锅，则孤独单一，缺少精彩，而双双相会于一锅之中又有强合之嫌疑。

竹笋使鲜肉、咸肉相互提携，相互滋润，相互增味，互为因果，互为主副。食材忽然有了精神，有了灵气。菜品生动起来。怪不得江南人谈起"腌笃鲜"总是那样津津乐道。

那年去台湾，行前做功课——焦桐先生著的《台湾味道》，记录了四十余道台湾本地菜，是我去台湾行程中寻味的目标和依据。

那日，台湾名厨刘冠麟带我品尝"欣叶"。翻开菜谱，"绿竹蘸沙拉"赫然在目。当即点了来尝。绿竹笋端上来了，却一点儿都不绿。在大陆，竹笋是嫩黄透白，像是少女肌肤。而这刚上桌的绿竹笋，却是洁白无瑕，像"高士山中晶莹雪"，又如"千树

大董在四川的竹海

万树梨花开"。我很是诧异，以为是加工成这般白色，问了刘冠麟先生，知道这是真真切切的台湾原生态。

绿竹笋的味道，确实如焦桐先生所写，口感细腻而脆，清香后回甘，有新梨子的味道。如果不是笋块上的层隔，只看颜色，初尝的人定会以为是在品尝新梨子。

台湾的绿竹笋，完全颠覆了我对笋之"涩"长期以来的不喜。一股清新浸入肺腑，那嫩脆的口感，回甘的清香，在我的记忆中时时破土而出。

近年来，愈加喜欢冬笋，且尝试冬笋的各种烹饪方法。虽如此，总对笋中的"涩"耿耿于怀，想去其青涩，得其完美。

一日和美食家戈俏谈吃笋心得，戈俏将她写过的一段文字说与我听："江南，庸庸扰扰的年节后，人们最先想尝到的就是时鲜了。这时藏匿了一冬的竹笋渐渐露出了衣箨淡黄的嫩芽儿，酝酿出了有点青涩的美味，这个味道就是'鲜'。"

这个味道就是鲜?

竹之精华在于笋，笋之珍藏在于冬，冬笋之鲜美更在于那伏匿土壤中、汲取大地之精华的笋尖，笋尖鲜美之至则莫过于青涩。写到这里，蓦然想起李清照的一首《点绛唇》："蹴罢秋千，起来慵整纤纤手。露浓花瘦，薄汗轻衣透。见客入来，袜划金钗溜。和羞走，倚门回首，却把青梅嗅。"

词中的少女活泼、健康，充满生气。但少女之美，是伴随着奇妙、美妙、微妙逐层递进的层次展现出来的。"和羞走，倚门回首，却把青梅嗅。"少女之美美在"和羞走"，但如果羞着走掉，只能是清纯之女，全无意趣，走到门边，"倚门回首，却把青梅嗅"才称美妙。"静女其淑"，却也"俟我于城隅"。她停下脚步不为闻青梅，青梅再酸甜，再吸引人，也不敢望来客一眼。但若没有门边青梅，她就没有借口停留，青梅此时为她而设，为她一瞥心爱之人。青梅既是她的心绪，也是她的情思，是她的一部分了。想见而不得见，得见却又含羞，虽羞还是渴望，故只托意闻青梅，偷偷望情郎。好一个青涩的少女！

过春节，放鞭炮，逛庙会，走亲访友，喜庆的氛围中，总是夹杂着一丝丝的情愫。童年青葱的纯真生活，成了衣食无忧后的向往。这种情愫越来越强烈，终于将电话打给了江苏天目湖宾馆的史国生董事长，他当即安排厨师长戚双喜陪我一同去寻找竹笋。

戚双喜就住在"南山竹海"。竹乡里长大的人，对竹笋的习性再熟悉不过了。双喜不但懂竹，更会挖竹，有这样一位行家当指导，我自是乐不可支。

双喜带我们采挖的，是南山竹海深处的一处竹林。这些年，南山竹海开发为旅游景区，竹林资源得到很好的保护。整个南山竹海郁郁葱葱，竹林密度也很大。每年，景区管理处要根据竹林密度进行疏植。春节过后，将一部分竹芽采挖掉，使竹林的密度适于呼吸和光合作用。

古道迤逦，用大小均等的山石铺就。累累青苔，被路人踏出的光滑泛着青光。翠鸟的嘤嘤鸣叫在山谷中千啭不绝，穿越竹林，传得久远。山间空旷，林间清幽，清流静卧；古道伴着清流，清流随着古道，已是默默厮守了多少岁月。溪边树枝丫条，穿着厚厚的冰衣，晶莹剔透。虽是寒冬，小溪却是欢快跳着，叮咚成韵。

竹林中飘着一层雾，浓重时如纱，轻薄时似烟；时聚时散，无踪可觅。透过竹林，朵朵白云似正与我相视；阳光透过竹叶，投下道道光影。山风吹来，枯黄的落叶沙沙响成一片。

双喜一边领着我们翻找，一边带着羡慕的口吻说，这个竹笋真是好福气，生得这般地界，青山绿水，曲径通幽，渴饮清露，饥食神粟，完全是大自然的造化，不然怎能得众生如此青睐。上天娇添，大地宠养，生得洁白如玉，脆嫩如脂，就连穿着的箨衣都是金衣绒锦，大户人家的小姐怕是比不上。

按双喜的指导，翻开枯叶，土壤有些凸起，隐隐有些裂。拂去一两层土，潮湿的泥土中，露出尖儿。双喜说，"立春"时节，冬笋嫩得很，这时节采挖，得到的都是上品芽尖。

此时，芽尖仿佛是被惊醒了。探出头，看看这陌生周边。羞羞的，似是不情愿再出来。

双喜似是怜爱地说，早挖是福气，这时出土的都是金贵的身价。晚一个节气，就掉一个身价。我捧着这圆润的芽儿，衣箨黄的如鹅角儿。层层剥开，箨茸闪着亮光，像极了少男少女脸颊上的腮绒。

挨近闻闻，一股大地的灵气袭来，和着冬的韵律，又带着春的清新，美得让人有些神迷。洗一洗，就着山泉的清冽；咬一口，一股淡淡的青涩，慢慢缠绕在舌尖，又慢慢在口腔中化开。这青涩，是这般美妙，又是这般奇妙，更是这般微妙。再品，这青涩中，有清新、甜美、曼妙、生气、灵精和多情……

这就是笋的青葱岁月。

林语堂先生说，竹笋之所以深受人们青睐，是因为嫩竹能给我们牙齿以一种细嫩的抵抗。品鉴竹笋，也许是辨别滋味的最好一例。它不油腻，有一种出神入化难以捉摸的品质。

余味良久，我恍然有悟，"涩"之本味，就是大地以一冬的精华蕴养于笋尖，其清新为美之至也。

烽火台上，沉寂多年
的砖石泛着寒意

京城的秋冬况味

中秋，去爬箭扣长城。

烽火台上，沉寂多年的砖石泛着寒意。早上八九点钟的太阳已挂上树梢。极目远眺，峰峦之间云雾蒸腾，景致如画，"远山秋叶如画，红树间歇黄"（晏殊有句"远村秋色如画，红树间疏黄"）。

过去，我总以为秋天是漫山红遍。其实，是层层叠叠的红色中，又有层层叠叠的鹅黄，层层叠叠的乳白……

下山的路，得以慢慢观赏两边的景致。才发现，登高看到的黄色，不只是秋叶的光鲜，在满山的黄栌树中，夹杂着片片柿树。树上，已挂满了泛着白霜的柿子。这柿子离成熟还早，黄得浅嫩，却鲜亮。

北京的秋，光鲜不只是在景色上。看看挂满枝头的色彩，足以体会北京秋冬吃食的丰富。胡同里，不管在哪个地界儿，都能闻到糖炒栗子的味道：焦香中混着甜。这香味中还飘着一阵阵水果的清香：沙营葡萄能一瓣两半儿，外号叫"冰糖包"。京白梨

真是细而嫩，那天看梁实秋先生的《雅舍谈吃：馋》里面的一段：那个老人在朔风呼叫的冬日里吃梨，忽然想起一味"拌梨丝"，将吃了一半的梨放下，披衣钻进凛冽寒风中去寻，寻来，拌了梨丝，心满意足地解了馋。梁先生说这就是馋，但我说这是北京人真正"舌尖上家的味道"。

小时候，家住大杂院。邻居家种着两棵大柿树，树干很粗，七八岁的小孩子是合抱不过来的。四月，南来的暖风催开了柿树花儿，招来蜜蜂上下翻飞，不时有花儿跌落地上。小伙伴们忙不迭地跑上前去，拾起柿花儿，学着蜜蜂的样子，伸出尖尖的小舌头去舔花中带着花香的露珠，淡淡的甜味就这样留在了童年的记忆中。

夏天，知了拉着长音儿，不知疲倦地叫着。柿子树浓密的叶子，像一顶硕大的遮阳棚。毒辣的阳光，随着婆娑的柿树枝叶跳着舞。叶儿间，露出了柿果嫩绿的小脸，像是还做着甜蜜的梦。望着一颗颗、一串串的嫩果，伴着树冠下的凉风，我也懒懒的要睡去，恍惚中，看到了硕大的金色柿子已经熟了，不觉嘴角流下口水……

很快秋天就到了，秋天是小伙伴们希冀的天堂：柿子树叶和着秋风，飘飘洒洒地落满了小院儿；一串串红澄澄的柿子挂满了枝头，红得那么鲜亮、那么晶莹，仿佛和孩子们仰起的红彤彤的小脸一起在笑，树上、树下红成了一片……

心急的伙伴们，趁着大人不注意，蹿上树枝，摘下几个柿子，你争我夺地大咬几口，马上被涩得咧歪了嘴。这时大人们嗔怪地笑着：傻小子，现在还不能吃。

几场秋风，霜下来了。熟透的柿子，一串串地挂满枝头，像一串串红灯笼。这时的柿子已经很软很软了。大人们上树摘下柿子，孩子们叽叽喳喳地叫着、跳着、抢着，迫不及待地咬上一口。果肉一下子塞满嘴中，顿时满口甘甜如饴，唇角流汁，口中充满了凉爽和甜美。尤其是柿子里的"小舌头"，润滑、甘脆，含在口中久久不忍嚼碎……

真是没办法，童年的味道总是在舌尖上缠绕。鬼使神差地，让我去尝试各种味道的"嫁接"，尝试着将它们俏丽如花地装扮——终于，它顺理成章地化作了一个焦糖冻柿子。

冻柿子是北方特有的一种吃法。入冬后，万物凋敝，树下残红也已黯然无色，唯有光秃的柿树枝上，傲雪凌霜地挂着一嘟噜红茵茵的柿子。在霜打冰冻下，这时的果肉已汁液如蜜。这两年，我一直尝试将这北方特有的味道再转化，曾经在西餐一道流行甜品的影响下，以冻柿子为"蛋黄"、椰奶为"蛋白"，研制出一道"冻柿子椰浆鸡蛋"。这道甜品确实形象逼真，口味也独特，不失为冻柿子的一种成功的表达方法。但我总觉得，虽然可用，但其思路前人已有，能不能还有更好地表达冻柿子特性的方法呢？我坚信，一定会有。

一个厨师如能多多见识不同的味道，积累不同食材的表达方法，并尝试将不同味道、食材组合，一定会有更多的惊喜和发现。

糖葫芦在北京几乎是老少皆宜的小吃

当我将糖粒用喷灯融化在冻柿子上时，一个"焦糖冻柿子"就这样创制成功了，简单、简练、简约。一层薄薄的焦糖色泽诱人，焦糖的甜香混合着冻柿子的甘甜更是让人爱怜，让人回味。

除了柿子，对于我来说，更有北京秋意味道的，莫过于孩子们举着的串串红亮亮的糖葫芦。糖葫芦是北方出名的小吃，又以北京最为有名。糖葫芦在北京几乎是老少皆宜的小吃，每年深秋，山楂成熟季节一到，在北京城里，山楂俨然一道风景线：水果摊上堆成小山，孩子们手里的糖葫芦映着被风皴红的小脸，真是喜庆。

我喜欢糖葫芦，喜欢糖葫芦喜庆的玛瑙红色，它的晶莹剔透，它的酸酸甜甜，这些都是糖葫芦独有的个性和意蕴精髓。山楂在北京人心中有这样的分量，被北京人眷恋，却难上大雅之堂。

我偏要反其道而行之，刻意显摆山楂之美、山楂之"范儿"，事实证明确实有好表现。为着这秋冬山楂，我曾经研发出一道煎鹅肝配北京炒红果。

鹅肝本是法餐中三大顶级食材之一，在西餐中应用很广，菜式表现几近完美；中餐引用鹅肝虽然也有较长历史，但烹制方法、味道、配料等，还是沿用西餐的烹饪方法，并无明显改进。鹅肝之美在于其丰富脂肪，而山楂的主要有效成分是有机酸和黄酮类化合物，可以在平抑鹅肝肥腻的基础上，又以其酸甜的口味，与鹅肝的肥美一起奏出令人陶醉的华彩乐章，其集合奇妙，浑然天成。

　　山楂的属性使其在与胆固醇含量高的食材配伍时，都有不凡的表现。2014 年我重新挖掘即将消失的美味时，将其与山东名菜"九转大肠"同烧，更收出奇之效，大获成功。还有一款"提拉米苏配糖葫芦"，糖葫芦的华丽转身曾引来争议不断。有朋友说，提拉米苏，用一层苦涩遮挡内里的甜蜜，是初尝爱情滋味的羞涩少女；糖葫芦，用一层甜蜜掩饰心中的酸楚，是经历过轰轰烈烈爱情的成熟女人……

　　我一直想，对于京城传统小吃和寻常吃食的传承，一定不要为了传承而传承。比如一个小小的糖葫芦，如果还是刻意保持"街头小贩所售或是庙会招牌，多染尘沙，品质粗劣"的形象，必会走入窄径。要将其放入市场中去涤荡逐流，将其赋予新的内涵，让其京味儿文化的符号更具市场消费特征，其生命力才更加旺盛。

　　在中餐国际化的过程中，为了使其成为最具中国优秀经典文化的元素，一方面要不断精致其身，着意包装，让平民百姓喜闻乐见；另一方面要让其登上大雅之堂，在风味菜品中担任主角，尽显其美，成为最中国、最时尚、最经典的北京"范儿"。

记忆中的腊八粥

农历十二月也叫腊月，十二月八日，也叫腊八。在我小时候，最怕腊八。因为那几天，天气最冷，能冻得双脚乱跺。有句谚语："腊七腊八，冻死寒鸦。"可是我又盼腊八，因为那天，可以喝到平时喝不着的香甜、黏稠的"腊八粥"。

为什么必须在腊八那一天才能喝到腊八粥？长大后看书，才得到答案。

原来在腊八，也就是农历十二月八日那一天，是佛祖"释迦牟尼"得道成佛的日子，叫作"成道节"。每逢这一天，寺庙里的僧人，把从四面八方募化来的米麦豆谷各种杂粮和枣儿栗子等干果，混在一起下锅熬成粥，作为供品，用来纪念佛祖成道。这个粥，就是我们喝的"腊八粥"。

这是佛教的一项宗教活动。这个宗教活动，随着佛教的传播，由寺庙传到世俗民间。腊八粥的原料和做法，自然也流传下来。日久天长，居然形成风俗典故。每逢腊八，上至皇帝宫廷，下至黎民百姓，只要顾得上吃穿，无不在此日熬粥敬佛。只不过，根

腊八那天，可以喝到平时喝不着的香甜、黏稠的"腊八粥"

据各自的经济条件，在粥米的品种、粥的花样、敬佛仪式的繁简上，有所区别。尽力而为，做到心到神知。

清朝皇帝特别重视腊八。自雍正帝起，直至宣统帝退位出宫前，每逢腊八，必在雍和宫内用数口大锅熬粥，由喇嘛念经，并派专员上祭、拈香。至今，大锅仍在雍和宫院内展示。满族人家逢到腊八，除要熬粥、敬佛以外，还要在腊八日的上午把粥送到至亲挚友家中，作为联络感情的重要表现。

我家是满族，每逢腊八，既要熬粥敬佛，又要准时送粥，还要热情接待送粥的来客，力求周全，免遭非议，家中大人，很不轻松。

记得从腊月初七开始，午饭前，我家先把粮店送来的大米、小米、黄米、江米、高粱米、红小豆、绿豆、芸豆等粥米，分类挑拣，淘洗干净，放入盆内。又把核桃仁、杏仁、大小红枣等洗好、泡好。还把盛粥用的盘、碗、罐等瓷器和直径约二尺的大砂锅拿出洗净。

午饭后，母亲、姑姑、姐姐在向阳的窗前，放上一张八仙桌。拿出镊子、菜刀、刀刃呈弧形的"月子"和纸样子等各种工具，开始在桌旁制作"粥花"。先是把泡好后的核桃仁、杏仁用镊子把其嫩皮剥去，露出白肉。又把大块叫作"金糕"的山楂糕，片成厚约半厘米的薄片，然后在薄片上铺上纸样子，按纸样上的花纹，该雕空的地方雕空。直线的地方用刀，弧线的地方用"月子"。刻好后的金糕片，就形成各种图案，如圆形的"寿"字、菱形的"盘肠"、长条形的"万字不断"、直角三角形的"云头"等。这些图案，都是作为备件，既可以单独，又可以组合，用来在凝固的粥皮上摆成"粥花"。

粥花式样很多，有平面的，有立体的。其中"狮子滚绣球"就是平面和立体兼备的粥花。"狮子滚绣球"中的狮子，是用半个剥去嫩皮的核桃仁做狮子头；用细篾四根，每根各串三粒松仁，做狮子腿；用大红枣一个，做狮身；用带绿叶的香菜一根，做狮尾。把做好的狮子的头、腿、尾分别插在大红枣上，就组成了一个狮子。狮子要做两个，再用一整个去了嫩皮、露白肉的核桃仁做绣球。

狮子和绣球做好以后，在上供以前，当盛在碗内的粥凝出粥皮时，在其四角各放一块刻好"云头"的金糕片，作为抱角。抱角之间，用"万字不断"的金糕片相连，组成四框。在四框的中心，再摆上一块菱形的"盘肠"。这就构成一个平面图案，恰似一块地毯。在"盘肠"上面的正中，放上"绣球"，绣球两侧，各放一个"狮子"，狮子的一个前爪还搭在绣球上。于是又组成一个在一块地毯上有两个狮子在滚绣球的立体造型。

这个既有平面又有立体的"粥花"，妙在色彩的搭配，颇有意境：首先是一块有红色花边和中心的地毯，被金红色闪闪发光的粥皮托着。地毯上又托着白色的绣球和头腿皆白的狮子，可谓红白相映、色彩鲜明，再配上绿叶婆娑、摇摇欲动的狮尾，更显得静中有动，令人称妙。粥花制作好了，诸事齐备才吃晚饭，这时已经天色大黑。

晚饭后，开始熬粥。先把不易煮烂变软的红小豆、绿豆、芸豆等下锅，等到豆软汤红后，再把各种米和红枣、碎核桃仁等下锅。米类下锅后，要勤加搅动，防止米类沉底巴锅，使粥变煳。把粥熬到又黏又稠时，分装到盆、碗和准备送礼的粥罐之中。

粥罐是一个扁圆形、大肚子的瓷罐，上面有盖，盖上有纽，好像一个"壶"字。在肚子的两侧肩上有耳子，耳子贯以铜梁，用来提罐。分装好的粥出现粥皮后，把准备好的粥花摆在上面组成图案，或撒上一些青丝、红丝、瓜条、青梅、蜜枣等粥果。等到一切就绪，已然时过午夜，进入腊八。略事收拾，连忙入睡。

初八正日，全家黎明即起，洒扫、梳洗完毕，立即佛前献粥、焚香、叩拜。此时已然天色大明，全家喝粥。

在又黏又稠的粥上，撒上红糖、白糖，浇上桂花卤子，粥热而不烫，粥内还有粥果。慢喝，细嚼，味美之极。可谓香甜在口，温暖于心。喝罢粥，男人提罐出门，去亲友处送粥。女人在家，接待陆陆续续送粥而来的亲友。

亲友之外，还有一位我们叫"师太"的老尼姑，也带着挑夫，前来送粥。明为送粥，实为化缘。我家除要付给"香资"，还要开挑夫的赏钱。待到宾客走尽，男人归时，已然时过中午，为"腊八粥"而忙碌的我家大人们早已疲惫不堪。略用午餐，旋即和衣而睡。但孩子们却乐而不倦，因为家里和送来的腊八粥，可以连续喝上几天。

现在的北京人大部分只知道芥末白菜墩，
知道糖醋白菜墩的已经很少了

糖醋白菜墩

现在食物的丰盛已不吝季节的变换。一年之中想吃哪个季节的菜蔬，市场都会如你所愿。即使如此，人们享受食材真味的欲念，随着季节的变换如期而至。

冬天占据餐桌菜蔬主导地位的非大白菜莫属了。大白菜在我国民间早就有"百菜之王"的称誉。《山家清供》载，六朝的周颙清贫寡欲，一年四季以菜蔬为伴，肉食基本与他无缘。文惠太子问他什么蔬菜最好吃，他答曰："春初早韭，秋末晚菘。"这可说是对大白菜最能理解，也最有风趣的评价了，但其中也有几分无奈。大白菜为何称为菘？李时珍在《本草纲目》中记述："菘性晚凋，四时常见，有松之操，故曰菘。"白菜迎霜傲雪，不畏严寒，品性之高唯松可比。这是对大白菜品格的最高赞誉了。

宋代诗人范成大在《田园杂兴》中赋诗道："拨雪挑来踏地菘，味如蜜藕更肥醲。"苏东坡也有诗云："白菘似羔豚，冒上出熊蟠。"这是对大白菜味美的生动比喻。把白菜比作味美的猪羔和熊掌，这是古代老饕们的"穷奢"与"极欲"，没有上好的肥鸡、鸭、肘肉的炖煨是万万得不到此味的。

川菜名馔"开水白菜"即是如此,说是白开水,实际上是用土鸡、火腿炖煮出来的鸡汤,再用鸡脯肉将汤中的杂质清除掉得来的清澈透明似水的美味。汤中的白菜也是优中选优、细中择细,白菜帮子是上不了台面的。

小时候,冬天里可吃的蔬菜只有大白菜和萝卜。"萝卜白菜,各有所爱"讲的是人们不同的审美情趣,这句话源于对生活中唯有大白菜、萝卜可供选择的真实写照。

我对白菜的记忆是痛苦的。生活的穷苦在餐桌上表现为上顿熬白菜,下顿炒白菜;明天白菜帮子蒸团子,后天粉条炖白菜。上学中午带饭,学校提供蒸锅,学生们把各自带的饭菜蒸热,中午放学走进饭堂时,弥漫在空气中的是白菜的酸臭味儿!

我对白菜的记忆又是美好的。那是因为父亲的巧手,时不时会让我们吃到"糖醋白菜墩"的美味。糖醋白菜墩是当时很奢侈的吃法儿了。一棵大白菜,要将白菜帮悉数剥去,只剩下十公分的芯儿,再去掉白菜头、白菜根,做此菜只用中间的两段。糖醋汁的用料是白糖、米醋、酱油和辣椒油,在 20 世纪 70 年代,糖是需要凭票供应的,平时舍不得吃,便积攒下来。我在一旁看着父亲调糖醋汁,先用盆将水烧开,放入米醋、酱油,然后小心翼翼地一勺一勺加进白糖,不时搅拌一会儿,拿勺舀一点儿尝尝。父亲每次都抠出一点儿放进我嘴里,我就心满意足地蹦跳着跑去玩儿了。

接下来的做法自然是没有看到，多年以后听父亲讲：将切好的白菜墩用热开水迅速焯两三下，然后立刻入冷水中过凉，捞出后整齐码在盆中，泡上糖醋汁，将烧热的辣椒油浇盖在上面。两三天后就可以吃了。说起白菜墩，现在的北京人大部分只知道芥末白菜墩，知道糖醋白菜墩的已经很少了。

糖醋白菜墩，白菜脆嫩爽口，糖醋酸甜适口，炸辣椒真是香辣味美，那是儿时的珍馐美味。"斜阳芳草寻常物，解用都为绝妙词"，父亲的手虽然粗糙，但心却细腻。不时享受他用巧手变幻出的美味，使我的儿时生活充满了快乐。

想必，大凡有所成就的烹调师，他的出品都融入了他生命中的纤细与精巧、心血与心灵交织出的芬芳。

江南春

这最后的春雪，也是在为新春加油

四月芳菲林芝行

　　过了春节，年味儿消尽，春的气息随着次第而开的春花愈来愈浓。去林芝拍桃花，我已经酝酿好几年了。想着桃花粉嫩的颜色，更想着《牡丹亭》里杜丽娘的一句"不入园林，怎知春色如许"。

　　是呀，春色已到，就在这青藏高原的林芝。"人间四月芳菲尽，山寺桃花始盛开。长恨春归无觅处，不知转入此中来。"（唐代　白居易《大林寺桃花》）

　　北京的春天比林芝要晚一个节气，而我的心已到了漫山霞光万丈、春色无边的林芝。其实，让我如此心焦的，更是为了从墨脱来、在林芝扬名的"石锅鸡"。

年前，我师哥屈浩的一个徒弟，从墨脱，驴驮马背，历尽艰辛，辗转万里送给我一个石锅。从此我心中就拧巴了一个结，真想亲自走走那不通公路的路，亲自在林芝尝一尝这用石锅炖出来的鸡。

翻开入藏的地图，从成都到林芝，走318国道，1700多公里的距离，沿途的一些人文景观是一定要看一看的。更让我兴奋的是横跨横断山脉的几座高山，越过这几条横向排列的大山，体会一下"横断山，路难行"。

头两天，走了成雅高速。年少时那一首"跑马溜溜的山上，一朵溜溜的云哟"在心中种下甜美的情愫。想着在那白云缭绕、雪山脚下的康定，张家的大姐貌美如花，清纯、热情，而我就是那个情窦初开的少年。高原上的香巴拉，康定，我来了。

从泸定开始，一路有大渡河的清流伴随，时有出现的藏家民居、五彩经幡和白塔。离康定县城越来越近，山巅之上的雪在阳光的照耀下白得耀眼，而山脚下有着藏族风格的成片高楼，让人觉得有现代生活气息的康定，离我们并不遥远。

翻过折多山，就进入藏区了。一山之隔，关里关外，藏区的民风和康定大不一样。汽车在山间盘绕，雪山近在咫尺，空气凉爽，海拔3500多米，呼吸还顺畅，行驶在路上的大卡车却移动得缓慢了，或是坡陡，又或是空气稀薄导致。

折多山沿途大多是藏式二层小楼，这里是农区和牧区，山坡上的田地已在春耕了。雪山上淌下来的河水清澈，河中遍布大大小小的砺石，河水在砺石间跳跃着、撞击着，"哗哗"声悦耳，黑色的牦牛在河两边低头吃草。我看着半山上大大的白字写就的六字真言，心也随着经幡飘了起来，愿世界都这样纯粹。

中午在新都桥镇的一家川菜馆吃饭，水平不比北京的川菜馆差。吃完上车，几个藏族男人拿出手机给我照相，我问司机他们为何给我照相，司机说，他们很少见到像你这样高大魁梧的人。

第三天翻越了剪子湾山和卡拉子山。剪子湾山路途坑洼，人坐在车里就像摇元宵。坑洼、泥泞、颠簸，我能感觉到自己的脊梁骨扭曲得直响。

不经意间，雪下起来了。一开始的时候是细细的雪粒，打在汽车上，化成了水。越接近山顶，雪下得越大，一会儿，便比鹅毛还大，像棉絮般。这时已经看不到周围的景致，雪茫茫，白白的一片。天地之间，混沌一体，忽然感觉一阵阵心悸，好像你蜷缩在天地间的某个角落。空气越来越稀薄，迷迷糊糊的我仿佛到了一个不为人知的世界。直到过了海子山，山势逐渐陡峭起来，大雪才渐渐弱下来，这时海拔在3000多米，人又活过来了。

刚刚下了大雪，耸立的山峰银装素裹。雪山上下来的河水，清澈晶莹，和着岸边枝丫上的落雪，都是那样的纯粹。这已经是春天的雪了，没有寒冬时的刚毅，你看它落到地上，马上融为春水；飘到河中，立刻化作激流。但这最后的春雪，也是在为新春加油，它把干涸的大地滋润了，把尘封一冬的山峦染绿了，使树木变俏丽了，使初春的桃花绽放了，使柳条如丝绦了。这温柔的春雪就是这样和着春风最后一次给了大地温柔的一瞥！

旅途的第四天，全程都要在海拔 4000 米以上的高原上行驶。过了列衣隧道，进入巴塘县以后，道路基本都是柏油路，路两边的民居整洁、漂亮，新房子、老房子分别而建，很多藏家的小楼都是花木环抱。河水从旁流过，河中的砺石色泽黑褐；鸡鸣桑树颠，桃花、梨花、海棠花遮着屋檐。一头猪悠闲地在大街上溜达。我们这些外来人惊讶地看着这奇异的景象。

告别巴塘，去往金沙江大桥。金沙江大桥是四川和西藏的交界桥，过了桥就是西藏的芒康县，是所谓的弦子之乡。沿途的色彩呈现古铜色，山石苍茫，气势磅礴。山顶上云雾缭绕，白雪皑皑；山下翠柳泛绿，褐石，黄草；苔绿，树紫，又有嫩黄杂入其间。

前行数公里，两岸高山，皆生寒树。地下无雪，树上有霜，形成了奇丽的白树景观。在海拔 3650 米，我们下来拍照，一片乌云骤然裂开大缝，一束阳光斜斜地照射在山顶皑皑白雪上，这是难得出现的"天开眼"。大家将这神奇景观拍了下来，留作纪念。

乌拉山顶海拔 4960 米，远远地，我看见山顶上迎风飘着的经幡，鲜艳却又纯粹。白色的积雪，也是那么纯粹，纯粹得你能看到这雪的心里，在阳光中，它向你敞开了心扉。

然而，由于高原反应，我们每一个人都是头疼欲裂，胸闷气短，身体沉重。已是这样难熬，仍停车爬上坡顶拍照……纯粹又鲜艳的经幡让我感动，感动在这天地之间还有这样的一种信念。我要靠近它，靠近这纯粹的心扉。

我大口喘着气，一步步地走向它。我多么向往这种纯粹，只有在这远离喧嚣的大山之上，我的心才能忘却世间的一切。在这纯粹的世界里，存留在我心中的一切不齿被涤荡。终于，我的镜头中只有纯粹的天，纯粹的雪，纯粹的经幡。摁下快门后，我久久凝视着取景框，我的心也就这样定了格。

第五天和第六天，都在征服一座高过一座的大山之中度过。最难忘的是过了业拉山之后，一个108道弯路的九十九道拐。在九十九道拐下的平安村，我们见到了盛开的桃花。每棵桃树上的花骨朵儿，都像美丽的粉红色精灵。怒放的花儿远看像霞蔚般蒸腾的云，沿着怒江深沟大谷，一直开放到尽头。

第七天，经过连日艰苦跋涉，一行人终于到达八一镇。我急不可待地要吃那"石锅鸡"。在一处能看到南迦巴瓦峰的藏式小楼，推开门，桌上的石锅沸腾着，满屋氤氲中飘着一股深情。大家都被这氤氲感动着，为自己在艰辛中的坚持，也为这从墨脱走出来的石锅，因为它更为艰辛，但它终于在青藏高原之上熬煮出最为淳朴的美味。

石锅中，高原雪山流下的溪水和着藏家养的土鸡，人参、藏贝母、百合、枸杞"咕咕"地响着，香飘窗外。看出去，雪山、浓云、梯田、海子，是一幅大自然的绝美画作：浓云在翻滚，大地上的梯田、海子、树木变换着不同颜色，阳光透过浓云，撒下一束束光，梯田、海子、房舍在"耶稣光"的照耀下呈现出鲜艳的色彩。

海拔越高，林木越密实。墨绿色将山体遮掩得密密实实，白雪一簇一簇点染其上。山顶上的天空，有一条乌云带。而乌云和墨绿山体之间，却神奇地露出一个明亮的窗口，南迦巴瓦峰忽然亮出了她曼妙的身姿。

一束阳光打在雪山上，南迦巴瓦峰雪白、纯洁的神韵更加迷人了。

遂昌四月天

遂昌属于丽水地界。去遂昌要经过丽水，忽然感觉丽水有点熟悉，仔细想想，原来十几年前，我曾经去龙泉定制青瓷，在丽水留下过难忘的美食记忆。

那年，我们从杭州出发，坐长途车在破旧的公路上颠簸了将近五个小时，又饿又累地从车站出来，路边一个小摊飘来的香味吸引了我们。

这个小摊在路边搭了一个砖砌的烧饼炉子，一个个滚烫香酥的烧饼从里面取出来。记得饼是一块钱一个，酥酥的，里面加了肉末的馅，我们一下买了十个，风卷残云般吃下肚，那香的感觉至今记忆犹新。

吃完烧饼继续赶路。龙泉瓷厂的人开车接我们从丽水进山，车在山里左盘右绕，五个小时过去后，肚子又饿起来。快到龙泉的时候，寻得一家路边小馆，店主说着含糊的菜名，我也是含糊地点头应承着。

喝着水，等菜上桌。再看这饭馆，一边临着水，一边挨着山。

遂昌是山区，九山九水半分田

水在路边的山涧里，发出"隆隆"的声响。探头看去，山涧高深，不由后退两步。水在涧中奔腾出团团雾气，西山日落，一抹斜阳透过林间树隙，束束打在山涧的雾水上，云蒸霞蔚。

上菜了。不知名的小鱼，一条条整齐地摆在好大的盘子里，估计得有二十多条。鱼儿细嫩细嫩的肉浸润在浓浓的汤汁里，那葱香、蒜香、仔姜的香味混合着醋香，越吃越胃口大开。多少年过去了，别的菜早已随风逝去，在龙泉山里吃的这顿饭，这盘农家烧小鱼，每每说起，还和当年一样口水涟涟。

焦滩乡，乌溪江，老肖鱼头馆，风炉炖乌溪江大鱼头。这是朋友让我来遂昌的"噱头"。进了饭馆，刚坐定，服务员就端着大大的锅子，放在了一个炭火盆上。盆里，汤"咕噜咕噜"开着，一股浓浓的香味出来了。原来，在遂昌炖乌溪江大鱼头，用的是薄荷叶，可以去腥。

遂昌是山区，九山九水半分田。靠山吃山，傍水吃水。山里人平时大都干的是体力活，所以这里的饭菜口味浓重。这个风炉炖乌溪江大鱼头，用了小米椒，看似没有红油，一碗吃下去，满头的汗就下来了。

浙西南的山区，每年冬天都会下雪，需要烧炭炉取暖。一年里，农家烧柴锅，存下了木炭，冬天就用来烧风炭炉。这种木炭，只要一点燃，就会一直烧下去。一家人围炉而坐，饮一杯自家酿的土酒，任凭窗外瑞雪纷飞，屋内热气腾腾，自是乐在其中。

喝了一口饭馆自己酿的土酒。酒色有点混浊，不甚浓烈——

曾有喝自酿土酒喝"断片"的经历，所以喝得小心翼翼。但在风炉炖乌溪江大鱼头的热情味道里，人不由得也热情起来，仿佛自己坐在热炕上，窗外就是自家的三十亩地，牛在厩里反刍着草料……

吃"风炉炖乌溪江大鱼头"，热情。再吃腌萝卜，脆生生的，有点辣，带着丝丝的甜。就着一碗糙米饭，吃得好踏实。

朋友告诉我，如果能再来，一定要在春天来，可以吃"黄蛤"。在海拔1000米以上的山里，冬天雪后，有冻死的抱成一对对的"黄蛤"，说是一对公母。村民上山捡了，和现挖的冬笋烧了，是很珍贵的美味。听着很是传奇的故事，但打动我的，是那一对对"黄蛤"的深情。边聊天，边上菜。乌麻叶粿、石斑鱼、炒黄米果粿斗。

有道炒咸菜肉很特别，朋友介绍说，在乌溪江这地界，过年的时候，杀了猪，取五花肉，煮熟，然后埋在干咸菜里。半年后，取出来，切片，再用干咸菜炒，可以随时取出来待客。平时，乡下的孩子上学，只带了炒好的干咸菜，就干粮吃。

这情景让我想起自己年少时，每当家里来了亲戚，总是看着他们先吃家里的美味，所以总是期望自己也能成为"亲戚"。吃完饭，出了门，路边就是乌溪江，江水青绿，急湍若奔；江边浅滩处，有人在垂钓；远处山峰隐匿在浓浓的雾霭中，一桥连接着乌溪江两岸。农舍掩映竹林之中，好一幅乌溪江垂钓图。

饭后路过遂昌县城，专程去品西街的那家馄饨。吃完馄饨，

真恨不得我是那农人，策杖扶犁

正要离去，一个妇人拿着采摘的野生山果（红红的，有点像红树莓，但比红树莓的籽软脆）售卖。这一袋，妇人要了我们四十元钱，山外的人没见过啥世面，争着抢着吃了，真是好味道。酸酸甜甜，但不浓烈，一股山里清新的风味儿。那妇人见我们又是抢着吃，又是拍照，在一旁急急地说，应该一百元，和你们要少了。我笑笑说，四十元买了这一小袋野果子，也就是我这样一个痴人做得出来。

四月的遂昌，虽是暮春时节，但在山区，气温却要比北京低四五摄氏度。春明景和中，汤显祖的纪念馆，在这阳光明媚的四月天，透出些许的生气。湖水荡漾，杨柳垂荫，山石叠幽，芳草凝碧；村外农舍俨然，阡陌交通，所见皆良田、美池、桑竹。

村内，有清远楼、三生桥、瑶台、壁照、半亭、毓霭池、破茧山房。后花园中，一座戏台完好如初。"姹紫嫣红"的匾额，倒像是后人从《牡丹亭》词曲的低唱浅吟中，对这个后花园的赞美。

一曲"原来姹紫嫣红开遍，似这般都付与断井颓垣。良辰美景奈何天，赏心乐事谁家院？"一口新茶，轻柔亮丽，真让我们见识了"不入园林，怎知春色如许！"

高坪乡，茶树坪村的桃园。一顿晚餐，让一干人如醉如痴。

风炉炖香藤土鸡，野芹菜有浓郁的芹菜香。青菜，就叫青菜，但是，香得醉人。鸭掌菜，有股山中的蘑菇香。马兰头，这农家田头屋后随手摘下的常见菜，让城里人大呼吃得过瘾。

春有百花，花儿争奇斗艳。而在这花潮的暮春中，高坪乡茶

树坪村的桃园，正酝酿着杜鹃的花事。海拔高，天气冷，高坪的
农事才刚刚开始。山弯里，梯田刚刚蓄满了水，农人提高了裤腿，
在清冷的水中，吆喝着黄牛。

外人看来，这真是好文艺。在这喧嚣的尘世中，还孕育着这
一方净土。难道东晋时的社会景象，也是如此浮世吗？"舟遥遥
以轻飏，风飘飘而吹衣。问征夫以前路，恨晨光之熹微。"（见陶
渊明《归去来兮辞》）真恨不得我是那农人，策杖扶犁。

崎岖的山路两旁，一簇簇的杜鹃疏朗地开着。山路陡峭，登
高而上，花儿越发浓密。登顶而望，一簇簇、一片片的杜鹃：深
红的、粉红的、淡紫的，漫山开遍，灿若晚霞。

山里的花，不娇贵，开起来是如此浓烈奔放，却不与他花争
艳。百花凋零之后，才在贫瘠的山石之上含笑送春风。"何须名苑
看春风，一路山花不负侬。日日锦江呈锦样，清溪倒照映山红。"
杨万里如是说。

大董在天目湖捞鱼

天目湖的春味

惊蛰后的北京，虽有了一丝丝春风，但阳光在愈发浓重的雾霾中还是阴晦暗淡。草木还没发芽，只是比严寒的冬天有了精神头儿。

一般来说，最能让人感受春的气息的花，应该是迎春花了。"黄金偷色未分明，梅傲清香菊让荣。依旧春寒苦憔悴，向风却是最先迎。"（清代　赵执信《嘲迎春花》）说的就是这"东风第一枝"。

那天走在路上，远远地望见：路边花圃中，一根根未发芽的枝丫上，顶着一团团的鹅黄色。以为是迎春花开了，走近看，原来是柳条萌发的春色。

这些年，春天出游的地方大多是江浙地区。望着眼前明亮的黄色，我的心仿佛又到了春意盎然的天目湖。

天目湖的春天，从冬天就开始了。冬天，天目湖竹海的霜雪将竹叶打得深翠。雾气升腾，一团团的竹叶裹着霜色在寒风中摇曳。居高而望，像是波涛滚滚。而在竹下阴冷的土壤中，根茎枝蔓上，已冒出嫩嫩的芽头。冬笋最为细嫩，但也最不解风情。淡淡的青涩，总是冲撞竹的清鲜，让你爱得放不开又搁不下。

　　春分，一场淅淅沥沥的春雨后，春笋冒出了头。细细地品尝，春笋比冬笋略微有了嚼头。那股不甚喜爱的青涩，也随了春风而去。没了青涩的春笋，自是清甜而鲜，如少女十六岁的花季，真是让人热烈起来。

　　在天目湖，从冬天开始，为春而生、为春而孕育的当属白芹了。第一次品尝到白芹，惊讶它浓郁的清香和脆嫩。更对白芹的鹅黄白心生好奇：天目湖的白芹，通身嫩白光亮、晶莹如玉，可谓天生丽质、曼妙洁净。虽是隆冬，吃在口中，全然是春的清新。

　　第二天，我们在溧阳镇看到了一畦畦的白芹。已经培土壅根，只露出顶尖一两寸。听菜农说，每年九月后，就要挖垄理畦，撒籽添肥。待到芹苗长到一尺左右，开始培土壅根。在芹菜垄两边的水沟里取土，将芹菜茎埋培，只剩下顶尖的一两寸。两边的沟里，更要时时注满水，为的是保温防冻。以后随长随培，细心养护，一直到春节上市。

　　这时我才明白，我们平时挂在嘴边的"培养"的语意：人要培养，菜要培养，而这春也要培养。白芹的嫩翠，是由菜农的培土壅根、沟水保温、精心呵护而来。隆冬时节，菜农辛劳采摘，让人们在品尝白芹时有了惜春的味道。

　　冬日的下午，男人在地里"起芹菜"。这绝对是个苦活——站在冰凉刺骨的水沟里，弯着腰用钉耙扒开壅土，一行一行地将芹菜连根"起"出来。起出一把，就顺手在水沟里漂洗去烂泥，用几根浸过水的稻草将芹菜扎成捆。把一捆捆的芹菜挑到塘边，交给女人仔细择净、清洗。

弯着腰，在家门口的池塘边"择芹菜"，更是个苦活。掐掉根须，剔去老叶，择掉枯黄的顶叶，在冰凉刺骨的水里，用冻得像胡萝卜似的十指，仔仔细细把择好的芹菜洗干净，再整整齐齐码放在秧篮担里沥水。第二天天不亮，男人把这一担顶着鹅黄色嫩芽、洁白光亮、晶莹如玉的白芹挑到城里的菜市场上。

看到这些，我忽然想起朱自清先生的《冬天》："说起冬天，忽然想到豆腐。是一'小洋锅'（铝锅）白煮豆腐，热腾腾的……'洋炉子'太高了，父亲得常常站起来，微微地仰着脸，觑着眼睛，从氤氲的热气里伸进筷子，夹起豆腐，一一地放在我们的酱油碟里……父亲说晚上冷，吃了大家暖和些。我们都喜欢这种白水豆腐；一上桌就眼巴巴望着那锅，等着那热气，等着热气里从父亲筷子上掉下来的豆腐。"

每每看到这里，总觉得我就是老屋里的一兄弟，渴望着父亲夹给我一块豆腐，感受这样的父爱。热流在老屋里滚动，驱走寒潮，感受这地冻天寒里家的温暖。也许只有在冬天——季节的或者人生的冬天，我们才会感到情谊的深挚。

那天品吃着冬天里的白芹，想念在冬天里，这些菜农的栽培和辛劳，使白芹这般嫩白光亮、晶莹如玉，有了这般的脆嫩和清香，心中充满了感激，充满了春天般的幸福。

那年的春天，天目湖虽是这样潮湿阴冷，乍暖还寒；但那些天，我心里总是温暖的，心间充盈着情感的暖流，这就是情感的力量……

烟雨撩雾，季春三月扬中路

去江南尝春

（一）

烟雨撩雾

季春三月扬中路

鸡汁干丝三丁包

肴肉姜丝镇江醋

汤包还须自开窗

剥衣新笋有春露

小巷依旧

旧味新尝富春楼

三月十五日，参加江苏省扬中市"江鲜节"。文中写的"季春三月扬中路"，是途经扬州，在富春茶社吃早茶的情景。

刚入厨行时，扬州富春茶社是我曾经自费学习的地方。在富春茶社一年多的学习，为我了解淮扬菜打下了坚实的基础，我将它誉为淮扬菜的黄埔军校。这里的特一级面点师董德安师傅，1983年荣获"全国最佳点心师"的称号；"全国劳模"、特一级面点师、中国烹饪协会副会长徐永珍师傅，1984年荣获江苏省首届"美食杯"面点最佳奖。

现在北京工作的陶小平师傅、在泰州工作的陈发银师傅，都给了我很多技艺上的教诲和帮助。

二十年来，扬州去过十余次，我与扬州市饮食公司的师傅们建立了很深的情谊。这次去扬州，周建强先生（富春茶社副总经理）问我到扬州如何安排。扬州虽是途经，但因为已有三年未去了，非常想念富春茶社的菜肴和点心。所以，我直接告诉周建强先生："我要品尝富春茶社的风味特色。"

此次去江南，四日却二日有雨。心里总是想着江南春天的景致，口中不觉咏出："暮春三月，江南草长，杂花生树，群莺乱飞……"（南朝　丘迟《与陈伯之书》）到了扬州，天一直阴阴的。淅沥的细雨，将心中明媚的江南春色一扫而光。然而烟雨迷离，垂柳依依，倒也符合江南之春的性情。

随步而行，小巷深处，很远就看到了"富春茶社"的红色匾牌。街还是那条街，巷还是那条巷，一切都没有改变，时空好像倒流了。雨从天而下，依着风，斜斜地飘到脸颊上，也飘到心里。脸颊湿了，眼睛也湿了，心更湿了……

我对"大煮干丝"情有独钟。此菜色彩鲜艳、干丝绵软、配菜香嫩。不只因为风味十分鲜美，更因为其中有扬州的文化。在清代，扬州盐运经济的鼎盛时期，扬州盐商、官僚、文人云集，茶社应运而生。

"早上皮包水，晚上水包皮"，正是扬州闲逸生活的真实写照。而"大煮干丝"或"烫干丝"，正是早茶"皮包水"的主要吃食。清人惺庵居士在《望江南百调》词中形象地做了描述——"扬州好，茶社客堪邀。加料干丝堆细缕，熟铜烟袋卧长苗，烧酒水晶肴。"

这首小令简直就是一幅扬州的市井画，将扬州人吃早茶、吃"大煮干丝"、吃"水晶肴蹄"的情景生动描绘出来，使人身临其境。

扬州人食豆腐干丝方法较多，可烫可煮，可荤可素。烫食的干丝宜细，细得可以穿针；煮食的干丝宜稍粗，若火柴棒。干丝不论何种食法，须将干丝于前一天用沸水烫，浸泡，去黄豆的腥味。次日晨临时再行烫制，使干丝绵软。

烫干丝现烫现食，旧时用高脚盘盛装，将干丝从热水中捞起，叠入盘中，犹如妇女之云髻，高高耸起。顶端放上嫩姜丝、湖虾米，用芝麻油、三伏抽油、虾米水环而浇之，香味扑鼻，爽口开胃，淡中见味，味中见醇。

鸡汁煮干丝以干丝为主，辅以精当原料。鸡汁煮干丝的"帽子"（配料），按季节变化，夏季宜脆。鳝鱼煮干丝，用鳝鱼肉入油锅炸制，成脆鳝丝，与干丝同煮，使菜肴增加干香味。

春季，过去曾用竹蛏，以海鲜增味。秋季以蟹黄配色，汤汁金黄，鲜味浓重，干丝鲜中见纯。冬季野蔬、豌豆苗娇嫩翠绿，配以干丝，色彩和谐，生香生色。

著名散文家朱自清先生客居扬州，任教务主任期间，写下了《说扬州》一文，如数家珍地遍列名馔名点，干丝便是一味。他得出一个结论："扬州是吃得好的地方。"

每次在富春茶社吃食，都有新的感觉、新的体会。

"水晶肴蹄"是老菜了，吃过不知多少次。周建强先生看我夹起一块肴肉时，提醒我："大董，你夹一块肉，再夹上一点姜丝，蘸点醋尝一尝。"原来这是水晶肴蹄的正宗吃法。以前没有注意到：姜丝提鲜，红醋增香，肉色红艳，皮冻似水晶、油润不腻。细细品嚼，真是香味诱人。

我对蟹黄汤包的感情最深，这里还有一个小故事：一次去扬州，富春茶社的领导请吃汤包，那次如果不是周建强先生提醒我，非出了丑不可。

汤包上来后，我迫不及待地端起一笼，张开大嘴就要咬下去。就在这时，周先生轻轻捅了我一下，我意识到可能吃法不对。停下嘴，看到他会意一笑。"我来教你吃汤包。按照这几句顺口溜说的方法吃，"他一边说，一边示范，"轻轻提，慢慢移，先开窗，再吃汤，最后一扫光。"

啊！原来是这样子，太有意思了。"轻轻提"就是将汤包从小笼中轻轻提起，放在骨碟中。然后"移"到嘴边，这时你将小碟

扬州是吃得好的地方

略微倾斜，就会看到薄薄的绵软面皮兜住汤汁中一汪金灿灿的蟹油。轻轻晃动，汤包宛如一只软壳蛋。你往左边倾，它就滚向左边；你往右边倾，它就滚向右边。

和汤包戏逗，是让它降温。汤包中包裹着滚烫的汤汁，如果冒失咬下去，那就会汤汁飞溅。要么烫了自己，要么滋出去烫到别人。

"先开窗"，就是在汤包上侧轻轻咬一小口，就像开了一个天窗，然后轻轻吸吮它。一口馨香，一口鲜美，充盈在口舌之间，慢慢咽下去。再配一点姜米、醋，这时你的双眼会欲渐迷离……还有醉虾、还有三丁包、还有荠菜包、还有千层油糕；对了，还有林语堂先生描述为"之所以深受人们青睐，……有一种难以捉摸的品质……"的冬笋。

一句话，是个吃主儿，这个季节就应该去趟扬州！

（二）

客别富春茶社，天还是那样阴郁，淅淅沥沥的小雨中弥散着清新。深深地吸一口气，仿佛闻到路旁盛开的玉兰花的蕊粉，沁人肺腑。真想把这江南春的气息吞咽下去，不再吐出，让它在我心中驻留。

车出扬州市区，左行右绕就上了经过润扬大桥那条路。

公路两旁的田野上，朝雾还未散去，迷迷蒙蒙，如烟似霭，像春闺的窗纱。这江南的春啊，就像一个天生丽质的女孩，娇嗔还羞，让你总想看个究竟。

路边白色的玉兰、绛紫色的紫荆、黄色的迎春花、粉白的杏花，还有田埂上一片一片的油菜花，好似装扮了不同色彩外衣的姑娘，翩翩起舞。这般景致，如图似画，让你如醉如痴。我不由地要求司机师傅："把车开慢点儿吧！"

再往前走，眼前一亮，路标上赫然写着"瓜洲，2.5公里"。司机师傅见我兴致盎然，用浓重的扬州话讲瓜洲的故事：瓜洲在古运河和扬子江的交汇处，位于扬州的西南，与镇江隔水相望，是著名的古渡口。王安石的《泊船瓜洲》写的就是这里：

京口瓜洲一水间，钟山只隔数重山。

春风又绿江南岸，明月何时照我还？

司机师傅接着说："我们今天要去的扬中市，和瓜洲一样，也是长江淤塞的沙洲，最终孤立成岛，又处在扬子江之中，所以叫'扬中'。"

扬中与其他江南地区一样，四季皆有时鲜，轮番上市，所谓"春有刀鲚（又名刀鱼），夏有鲥，秋有麻鸭，冬有蔬"。又因扬中地处长江下游，得地利助，时鲜较其他地方略胜一筹。扬中三鲜，即刀鱼、河豚、鲥鱼，以其特有的美味赢得人们的青睐。

扬中是"三鲜"的最佳产地。刀鱼、河豚、鲥鱼都是洄游鱼

烧鲥鱼

类，每年三四月份溯江而上，去上游产卵。刀鱼、河豚一般在立春与清明之间产卵，鲥鱼则在立夏前后产卵。

为什么"三鲜"在扬中的名气最大呢？因为它们进入长江后，边觅食边逆流而上，到了扬中地域后，体格最为健壮，滋味最为肥美、最为鲜嫩。而交配后，就不再进食，游到上游，已精疲力竭，体力消耗殆尽，骨瘦如柴，自然味淡肉柴了。故"三鲜"在扬中，较其他地区有名，也就不足为奇了。

当年，苏东坡在品赏了河豚美味后，写下了极富诱惑力的诗篇："竹外桃花三两枝，春江水暖鸭先知。蒌蒿满地芦芽短，正是河豚欲上时。"河豚虽味美，却有剧毒。但扬中人吃河豚的历史悠久，技艺娴熟，可谓绝招在手，有解毒秘诀，故民间有"拼死吃河豚""河豚不毒扬中人"之说。

司机师傅滔滔不绝，自豪之情溢于言表。陪同我前往的周建强先生插话说："这个司机师傅了不得，他可是扬州商专的老三届高才生呢！今天是因为大董你去扬中，所以公司找了他，既做你的解说员，又兼司机。"

我心中一惊，难怪这个司机这样在行呢！于是故意考问他："有一个问题，我一直弄不明白，就是这个'鲜'字，吃过几个羊肉和鱼一起烹调的菜，但怎么也没有体会出鲜的味道。"

他说："品尝完'扬中三鲜'后，你就明白了。"

不知不觉，已到扬中市汇丰三鲜馆门前。进得门来，但见店老板蒋开河先生做河豚的资质和各种证书立于墙壁一侧，蒋开河先生笑盈盈地和我握手寒暄。

我天生爱开玩笑："蒋先生，我们今天不会有来无回吧？"

蒋先生倒也机智："有来有还，不亦乐乎？"

他笑了起来，脸上好像泛着春光。

喝着茶，没一会儿，先上来了两道小吃：豆油煎马兰头馄饨和煎大粉。煎大粉就是山芋粉制作的凉糕，类似于北京小吃"焖子"。

不要说品尝，先听名，春的韵律便已在舌齿间跳动了！正品尝着煎大粉和豆油煎马兰头馄饨，一股股香味慢慢传来。司机见我在抽着鼻子嗅，说道："是蒋开河师傅在烧河豚了。这不是秘密的秘密，四邻都习以为常，一闻到飘香味，就会异口同声地说——'蒋开河又在烧河豚了！'"

说实话，一直以来，我对吃河豚并没有什么好感。在北京吃过几次，各种做法，却都肉质柴老、汤味寡淡。并无出奇，大家却拼了命去吃。我只认为，他们是死里逃生，强装笑颜而已。这次来扬中品江鲜，也没抱多大希望。

闻着这股香味，我暗自想："蒋开河能把个河豚烧出什么味道呢？"

门开处，服务员端上来第一道江鲜："秧草烧鳜鱼。"白白的汤汁，淹着鳜鱼。鳜鱼上，覆盖着厚厚的秧草，碧绿碧绿，绿得让你眼睛润亮。

服务员手脚麻利，用小碗为每人盛上了一份，特意说："这条鲥鱼，是今早从江中现打上来的。"吃在口中，鱼肉滑嫩，已说明了一切：人工养殖的，不可能有这般口感。

从鱼汤中夹起一大筷子秧草，迫不及待放在口中。哇呀！未曾咀嚼，舌头已被一股清新包裹住了。俄尔，那股清新便沁心沁脾。一口柔软味香；二口滑顺解腻；再一口清鲜雅逸。秧草虽是配菜，蘸着汤汁，却真是鲜美绝伦。

吃着秧草，就像咬着春。仿佛看到，扬子江中那个小岛上，一轮红日，万道霞光。远处雾霭掩映的茅舍，上空有如丝如缕的炊烟，轻飘曼舞。竹林旁、田野畦上，一片一片绿油油的秧草，像绒毯样，肥嫩。人们一茬茬地割下，下面的叶子，过些天又长了新芽。"日出江花红似火，春来江水绿如蓝。"（唐代　白居易《忆江南》）

美哉，扬中桃花岛——我给起的名字。

这时，蒋开河师傅亲自端着"白汁河豚"上桌了。望着蒋开河师傅自信的微笑，我从容地用调羹舀起一勺，连汤带肉。虽未入口，味香已入鼻中。白白的汤汁，肥浓香艳。鱼肉肥美。

蒋开河师傅解释道："虽然别的地方、别的季节也卖河豚，但都不当令。"他说："曾有一位诗人作诗云：'春洲生荻芽，春岸飞杨花。河豚当是时，贵不数鱼虾。'大董，你原先吃的河豚一是烹调不得法，二是季节不当令。那么，味不鲜美，肉不滑嫩，那是自然的事了。"

呜呼！一句话点醒梦中人。我自认为从厨三十年，深谙美食之道，实则早已误入迷途。还好，实迷途其未远，知来者犹可追！

大味必淡，大味必真，顺天顺时顺自然！

蒋开河师傅看到我若有所思，玩笑着说："大董，你一定要尝一尝西施乳！"他指了指，盆中可见一块乳白色的肉。

按着他的指引，我慢慢地品尝着：滑美香艳，肥润如乳。蒋开河师傅说："这是雄河豚的精囊，是河豚最要品尝的部位。凡是河豚毒性最强的地方，也是它最鲜美的部位。所以，当年苏东坡老先生在做了挑动人们吃河豚的诗后，又给河豚最好吃的部位起了这么一个艳名。如此这般，后世人认为尝西施乳，拼死一口，也就不难理解了。"

看来这位老饕，吃一、看二、想着三的功夫最令人叹为观止。

接着，蒋开河师傅又上了红烧之法的河豚，味道同样令人叫绝。

接下来两道春季菜蔬，令我耳目一新。一道是豆油烧茨菰，一道是清炒芦蒿。真是峰回路转，柳暗花明。刚才还是疾风骤雨，此刻却是雨后彩虹，味雅意逸。

（三）

品过河豚，按照行程计划，晚饭应该品尝刀鱼了。刀鱼是溯江海鱼，初春季节从近海集群，洄游到淡水江河产卵，然后返回海中。

记忆中，这个季节应该是鱼汛了，所以对周建强先生说，"我们应该去江边看看春汛捕鱼的场面。"蒋开河师傅黯然一笑："大董，你是真的不懂啊。长江污染，过度捕捞，长江鱼的资源已近枯竭，哪里还能形成鱼汛呢？"

午后，刚刚露了一下脸儿的晴空，这会儿又阴沉下来。众人坐上汽车，沿着江边的防坡堤向前走着。总想看见渔帆点点、桅樯成林的景象。但见江面雾霭蒙蒙，几艘货船响着汽笛，匆匆驶过，消失在不远处。河岔里，几艘渔船早已破旧不堪，搁浅在那里，人去船空。

汽车沿江绕了一圈，众人回到宾馆稍作休息。我对蒋开河师傅说："晚上只喝一点粥吧！"他知道我没了品江鲜的兴致，只点点头就出了房门。

忽然，想起苏轼的一首词《望江南·超然台作》：

春未老，风细柳斜斜。

试上超然台上望，

半壕春水一城花。

烟雨暗千家。

寒食后，酒醒却咨嗟。

休对故人思故国，

且将新火试新茶。

春未老，风细柳斜斜

诗酒趁年华。

晚上快九点了，蒋开河师傅打来电话，说晚饭已经准备好了，大家在等。这时我也感到肚子有些饿了。

这个蒋开河真是个烹饪大家，他不但菜烧得好，而且懂得心理学。他说今天晚上大家喝点粥，吃点水糕。这样可以清清胃，明天才好品尝刀鱼。

岂止是清清胃呀。烹饪艺术也同戏曲艺术一样，餐桌就像舞台，就像一台戏：有平缓，有高潮，有抒情清唱，更有抑扬顿挫。如果一个高潮接着一个高潮，必定使人应接不暇，不能突出主题，印象不深。成功的一场宴会，应该主题分明，重点突出，层次鲜明。风味小菜、小炒始终要为主题大菜服务，起铺垫、衬托的作用。最后高潮之中，特色大菜隆重上场，给人以深刻的印象！

和上午肥滑甘美的河豚相比，晚餐的菜粥、水糕、咸秧草、清炒白芹、河蚌煮秧草，委婉清新，引人入胜，增加食欲。

看得出，这是蒋开河师傅精心安排的节目。

菜粥滑糯润香，就着咸秧草，真是别有一番滋味。

蒋开河师傅一边看着我喝粥，一边给我讲："这个咸秧草呢，曾经是贡品。相传，乾隆皇帝也是这个季节来到江南。地方贡以长江之鲜，三餐肥甘相继，再好的美味也会食不甘味。乾隆皇帝在品尝了咸秧草后，非常高兴，以后每餐都以咸秧草佐食，并诏谕为贡品。"

其实，扬中秧草只是百姓餐桌上的寻常小菜，几乎一年四季餐餐都吃。

秧草生命力特别旺盛，在农田、畦沟随处可见。鲜的吃不完，秋后农家就割下来，入坛，加盐腌制。腌制的咸秧草经发酵后，风味鲜美，口味别样。岛上人家，家家都会腌制。

蒋开河接着说："这个水糕是扬中的特产，过去只是在春节的时候，农家才能蒸上它，作为春节的吃食，有年年高的意思。吃上也有讲究，用它蘸着河蚌煮秧草的汤，让水糕吸足了鲜美汤汁，再大口地吃。这是什么滋味呀？那才是过瘾呢！"

蒋开河的眼睛眯成了一条缝。

我按照他说的，刚把吸足河蚌煮秧草鲜汤的水糕咽下去，蒋开河又将清炒白芹推到我眼前。

这个扬中岛啊，真是物华天宝，人杰地灵。一盘白芹就能让你领略"清新"二字的神韵。

忽然想起，和司机说起"鲜"字的解释，我似有感觉。这时司机师傅说道："北方人以喝羊汤为鲜，南方人则以江鲜为美。南北相合，就是'鲜'。"

在扬中我吃的、听的都是第一次。

（四）

"江南鲜笋趁鲥鱼，烂煮春风三月初；吩咐厨人休斫尽，清光留此照摊书。"这是郑板桥咏诵"清蒸鲥鱼"的诗词。他讲的意思是，江南人烹调鲥鱼，最谙其法，最懂鲥鱼之美在其鲜美之味，并且家家户户都会烹调，非常普及。诗中的"烂煮"，我的理解是"保持鲜美味的最佳烹调之法"，而不是"煮烂"之意。与其鲜美滋味的最佳配料，唯鲜芽笋。诗人、美食大家袁枚有"鲥鱼贵在'清'字，保持真味"的见解，与其异曲同工了。

前文蒋开河说到了因为污染和滥捕狂捞，长江的渔业资源已近枯竭，而最先绝迹的是鲥鱼。

书籍记载，鲥鱼被称为鱼中隽味，至少有近千年历史。每年春夏之交，从海洋到江河产卵。我国沿海数长江、钱塘江鲥鱼最美，长江产量最丰，而且一直作为贡品进献皇家。

康熙年间，诗人朱竹坨以诗记云："京口鲥鱼尺半肥，黑梅小雨水平矶。无烦越网千丝结，早见燕山一骑飞。翠釜鸣姜才敕进，玉湖穿柳旋携归。乡园纵与长于近，四月吴船贩尚稀。"

从"京口鲥鱼尺半肥"中，可以看出京口为鲥鱼最佳产地，规格在尺半之上。说起鲥鱼味美，曹寅最有心得："手揽千丝一笑空，夜潮曾识上鱼风。涔涔江雨熟梅子，黯黯春山啼郭公。三月齑盐无次第，五湖虾菜例雷同。寻常家食随时节，多半含桃注颊红。"

当年的美食大家们，何以想到：不过几百年后，这已成为悼念鲥鱼味美的铭文。

而刀鱼已成为继鲥鱼之后又一个即将绝迹的美味！

今天将要品尝的是刀鱼。刀鱼的时价已飙升到了每斤 1800 元人民币了，这是我来扬中前所没有想到的。

连续三天的江南品鲜，似乎已让味蕾迟钝了。当初来扬中的飞扬神采，似已凋零。想快快地再品一品那最后的美味，心中知道，这已是最后的一次，"无可奈何花落去"。我从厨三十年，对美味孜孜以求。刀鱼之味，已成为上帝赋予的最大奖赏。但我却从未想到，这奖赏带给我的，不是喜悦，而是一份沉重。

蒋开河烧的"芽笋烧刀鱼"端上了桌。周建强先生表情也凝重："刀鱼真是好吃啊！这几年，虽然我们生活在刀鱼的产地，但这美味也久违了！"

清代的李渔，认为刀鱼是江味中最鲜美的鱼种。他说"食鲥鱼及鲟鳇鱼有厌时，鲚则愈嚼愈甘，至果腹而不能释手""明前刀鱼不论钱"，正是说明了食刀鱼是十分讲究季节性的。

每年初春，长江刀鱼质量最好。清明前，最佳、最鲜；清明后，鱼刺变硬，风味变差，价格也一落千丈。周先生感叹说："即使如此，现在也吃不到了。"

刀鱼这个季节最为鲜嫩，肉中细刺虽极多，但很软，不扎人。周先生说："我们扬州人吃刀鱼，是很讲究的，烹制方法很多，像'溜刀鱼''水晶刀鱼球''芽笋烧刀鱼''刀鱼馄饨''刀鱼羹卤子面'，最有名的是'双皮刀鱼'……而且我们会吃，我来教你取刺吧！"说着，周先生给我们演示起来。

鱼刺取下来了，肉中还有很多极细的刺。这时，不要着急，

大董开发的椒盐刀鱼骨

要慢慢地吸吮，将鱼肉从细刺中吸出来。

看着周先生的演示，我将一块鱼肉放进口中，慢慢地吸吮着。鲜嫩、细润的鱼肉，从细刺中分离了出来。在吸吮的过程中，刀鱼的鲜美，已充盈在口中了。我细细地品味着，这鲜美的滋味与我的舌齿缠绕在一起，相互依偎着，不愿分离。这鲜味，让我感到了一丝丝的哀怨：像是离别时的无尽倾诉……

刀鱼是长江的骄傲。因为有了这些"春馔妙物"，长江之水才显得那么深邃。日出之晨，蓝绿清盈；日午之时，满江银光；斜阳照耀下的是半江红透。

盘中的刀鱼，安稳地躺着。无须有赘絮的调味，已让你领略洪钟大吕般的妙音磬声。这叩响的天籁之音，是这样的沉稳和安详，让你炫目，让你迷醉。这般炫目、这般迷醉，是大江的精髓和灵运，沉淀了几千年。

再见了，最后的美味。你一世的传奇、曾经的荣彩和最后的苍凉，让我不能忘怀。

"都市里的乡村"的炒软兜

　　我有几个不吃：高胆固醇的食物不吃，高脂肪的东西不吃，较异味的东西不吃，国家保护的野味不吃。

　　黄鳝属于高胆固醇食物，是不吃之列的。但过去在扬州、淮安有品尝长鱼宴的经历，想起黄鳝味道之美、制法之多、不同部位名称之妙，又让我想开禁。

　　在中国美食之列，能以一种美食单列成一桌宴席的不少，如海参宴、鱼肚宴、鱼翅宴、长鱼宴、全羊宴、全猪宴、全鸭宴、豆腐宴等。但是，在一桌宴席中，每道菜的名字迥然有别，各个形象有趣，每道菜的味道、制法独树一帜，却不多见。长鱼宴就是我最喜欢的。

　　黄鳝，又称长鱼、黄旦、旦鱼、海蛇等。我国东南地区，河流纵横，河网密布，物阜地富，物华天宝，水产品特别丰富。这就为长鱼宴的制作提供了得天独厚的自然条件。虽然，江南城市中均有著名的长鱼宴，但论品种之多、制法之精，恐怕就要属淮安了。

山峰隐匿在浓浓的雾霭中

想想最早吃长鱼宴，也是 20 世纪 90 年代的事了。那时，对长鱼宴的认识，只存在于对菜名的好奇：炝虎尾、生炒蝴蝶片、红烧马鞍桥、炒软兜、长鱼筒、锅贴鳝背、脆鳝、鳝糊……

这次，我们一行人有殳俏、徐小平、熊丽、汤明姬，去品长江三鲜，先到南京与沈宏非先生会合。晚饭由沈先生推荐，在南京云南北路青云巷的"都市里的乡村"餐馆，品尝这里的拿手菜"炒软兜"。

"炒软兜"装在一个铁煲里，端上来，"嗞嗞啦啦"。鳝鱼肉冒着滚烫的热气，热气翻滚，瞬间充满了这个小房间。大家深深地吸着鼻子，目光集中在铁煲中：滚热汁油包裹着润亮鳝肉。香油、蒜、豉油、黄酒混杂的浓郁香味，让这些美食家有点急不可待了。服务员手里端着一个小碗，盛满胡椒粉。她将小碗里的胡椒粉多多地洒在鳝肉上，让大家快快拌了吃。

那么多的胡椒粉，没感觉辣，只是很热，很香，很过瘾。桌上一大盆糙米饭，转眼见了底。又连加了两煲软兜，每次都是多

人的一辈子，就像吃炒软兜

加、多加胡椒粉……

长鱼宴是在淮安出的名，而我在南京吃过了瘾。

望着见底的铁煲，想：人的一辈子，就像吃炒软兜。大家都会吃，大家都吃过，但每个人的吃法都不一样，有的浇了油，有的浇了麻油，有的浇了滚烫的麻油，有的浇了很多很多滚烫的麻油；有的忘了放胡椒粉，有的放了胡椒粉，有的放了好多好多的胡椒粉。

各人口味不一样，吃法不一样，自己吃着美、吃着高兴、吃着快乐就好。

漳港镇边，遍布着塘口

西施舌：惹祸的美名

可能是临近春节，在长乐漳港镇，镇中心的长街灯火通明。大街上都是饭馆，看有人走近，伙计大声叫着"西施舌"。

漳港镇边，遍布着塘口。沿着塘口间的土路，一直走下去，有越来越多的暂养池。池中都是抽过来的海水，铺上厚厚的海沙。池水清亮，看不见海蚌。我就问了："怎样才能知道海蚌在哪里？"工人说："海沙中一个个的圆孔，就是海蚌的呼吸口，蚌大则孔粗。"从海上捕捞海蚌后，要在这些池中储存。暂养池还有另一个功用，筛选食材。暂养期间，瘦弱的蚌可能会死去。筛选后发给客户的蚌，就能保证全都是鲜活的。

塘口的路边，停着一些小车。每年的这个时候，来漳港的车会排成长龙，买海蚌送礼。今年却寥寥无几。

看完暂养池，我们就去了一个海鲜馆子。这个馆子在当地非常有名，叫阿胖破店。我们去吃福建的名菜——西施舌。

阿胖破店并不破。这个海鲜店很有气势，一楼大厅排列着很多养海鲜的玻璃缸。这里曾经车水马龙，现在冷清了许多。

我们点了红糟肉、清蒸梅子鱼、清蒸雪蛤、红糟粉干、红烧午鱼、包心鱼丸、老酒炖带鱼、清蒸红鲟，当然还要吃鸡汁汆海蚌。

桌上摆着陈醋和虾油。过去这里很少有酱油，人们习惯用虾油佐味。

全国八大菜系，福建菜因为有了红糟菜，有了声冠美食界的"佛跳墙"和"鸡汁汆海蚌"，排名近于前五。这里暂且不说佛跳墙和红糟菜，只说说这个"西施舌"。

1983 年，那时我刚参加工作不久，对菜系的认知还很是模糊。那一年，中国烹饪界举办了第一次全国烹饪大赛。当时还不叫"大赛"，正式名称为"全国烹饪技术表演鉴定会"。在这次大赛上，产生了今天堪称国宝级的一批烹饪大师，如刘敬贤、王义均、李耀云、卢永良、陈玉亮、强木根……强木根是福建菜师傅，他做的鸡汁汆海蚌得了金牌。

多年以后，我研究这些得奖菜品。看到这个鸡汁汆海蚌，还不大以为然，认为也就是好鸡汤汆的海蚌。只要鸡汤制作得清如水、味鲜甘、浓而不艳，基本就成功了。

再过了多少年，在一个宴会上，第一次尝到了叫"西施舌"的这种海蚌，当时的介绍就是像西施的舌头。一说而过，大家只是客气地笑笑。

又过了多少年，桃花三月。去扬中品尝刀鱼、河豚、西施乳。去之前，做了功课，看了大词人、美食家苏东坡的美食体验。在扬中品尝西施乳时，就按照东坡先生的感悟，细细咂摸。……苏东坡老先生的那个时代，烹饪并没现代发达。但先生的境界，要比现代的吃货们高得多。

后来又过了多少年，再吃西施舌，突然间意识到：鸡汁氽海蚌能拿大奖，不只在于鸡汤好，最最主要的，还是这个西施舌。

西施舌，是一种海产蚌类。极其珍贵，主要产于福建长乐。这里是一片不大的港湾，港湾的弧形外沿，有了马祖岛的庇护，长年水流平缓、海沙细柔、海水清澈。海中饵料丰富，造就了这种得天独厚的海蚌。它状似人舌，色如月白，白中沁粉，质嫩软柔。不知何年，此蚌被冠以"西施舌"之名，并一直流传下来。确实，有东坡先生的教导在前，再品尝这蚌时，真真切切有了初吻的感觉。轻含这细嫩之舌，软软的让你不由得心动。

一直以来，对日本料理之刺身原料，我耿耿于怀。就因为刺身的原料含浆华美、鲜嫩甘甜，让喜欢刺身的人如痴如狂，也使得日本料理名扬世界。这次在长乐漳港镇，近距离地品尝西施舌，一口甘甜的滑软，犹如初恋情人般的清甜，更生出一种中国海鲜迷人的味道。真是让人骄傲，因为这是胜过日本刺身原料的唯一品种。

吃过饭后，我们就坐上机帆船下了海。

说是下海，其实就是在浅水岸边，离岸一两海里。这是一条300马力的捕捞船，船尾拖着翻沙工具，类似农村耕地用的犁。后边是一具细网。机帆船拖着这渔具，"突突突"地喘息着，在浅海里翻着海底，船尾搅起污浊的海水。

海湾远处，隐隐看到马祖岛。在阳光的照射下，海水泛着黄澄澄的光。海面上，挤着无数的小船，船上插着小红旗。我们的这条船，在海上捕捞了一个半小时。船在湾里左突右撞的，搅得海水像浓稠的一锅粥。走了有半里地，该收网了，大家兴奋地挤向船尾。

网提出了海面，好似没有什么。渔民将网里的渔获倒进一个塑料箱。几条十厘米长短的沙虫、像蝤蛑大小的海蟹、几条一拃长的鱼，这些倒是很像蟹苗和鱼苗。偌大的一具渔网，只有一只半大不小的海蚌。大家瞪大了眼睛，迷茫地看着眼前的一切。刚才的兴奋劲儿，不知跑到哪里去了。

船老大说，现在就是这样。每次出海，能捞上一只，就是幸运的了。有时连一只都没有。这里的海蚌已经被捞绝了。

食色，性也。前人有话在先，这都是人类的本性。房子漂亮了，大家争着住；女人漂亮了，就会吸引人眼球；食物美味了，贪婪的嘴巴就饶不过你……西施舌呀西施舌，你要是被吃绝了，不光是因为你的美味，还有你这个惹祸的名字。

鱼饭

一日，在上海，在汪姐的私房菜吃饭。沈宏非先生问我，第二天有何安排。我说，还是去"大有轩"。

"大有轩"的蔡昊先生是个美食家，不但懂吃，还很懂酒。他的老丈人，是潮汕地区有名的美食大佬。老先生的很多美食，不经意间熏陶着这个女婿。蔡昊先生是我见到的少有的懂吃的人。

第二天，我们约好十点半见面。当我们赶到"大有轩"时，蔡昊先生早已等在那里了。见到蔡昊先生，我很是亲切。我们已是第二次见面了。上次他和他的饭菜，给我留下了很深的印象。

上次吃饭，意犹未尽。这次，除了上次吃的"清汤翅""芋泥燕窝""醉蟹"外，要尝沈宏非先生一再提起的"青橄榄炖响螺""白灼响螺""鱼饭"。

鱼饭还没有上桌，沈宏非先生说起了鱼饭："过去不知道'鱼米之乡'深一层的含义，只以为'鱼米之乡'是江南水乡产鱼产米。后来在江南住久了，慢慢体会到'鱼米之乡'是江南水产的丰盈，可以鱼充米。今天我们品尝的'鱼饭'就是以鱼当饭。"

蔡昊先生补充道："在潮汕地区，'鱼饭'一般是红饭鱼或者乌头，而且一般用普宁豆瓣佐食。今天我们要用苏眉做'鱼饭'！"

苏眉做的"鱼饭"上桌了，鱼被一层冻儿包裹着。那冻儿晶莹剔透，微微泛黄。尝一口，清清凉凉、鲜鲜美美。鱼肉紧密，质感很 Q。蘸着蔡昊自己调的虾酱，很有滋味。

当然，用苏眉做鱼饭是很奢靡的事。

一个饭庄，但凡能有地道且鲜为人知的菜品，这个饭庄的老板或主厨，一定是个美食大家。

大黄鱼之殇

第一次知道大黄鱼的珍贵，是 1993 年前后去温州。那年，温州名厨周雄先生请我去讲课。欢迎宴上，都是一些家常菜，诸如敲鱼、血蛤等。一只大大砂锅炖的豆腐黄鱼，倒是给我的印象深刻。豆腐是南豆腐，在浓浓的白汤里，煮得有滋有味，一点儿不失细嫩滑润。比这细嫩滑润还软绵的，是同一锅煮的大黄鱼。

吃罢，大家都是意犹未尽。这细腻鲜美的滋味，已有二十多年没有吃过了（是指 1980 年以前）。20 世纪 80 年代，北京人吃到的大黄鱼，一般都是冰冻的。而那天，我们吃到的却是刚出海的鲜货，实实在在的。其滋味儿，一个"美"字就全都概括了。

经常有大家点评菜肴，会用到"滋味鲜美"。但凡吃过这个刚出海的大黄鱼，估计以后在品评用词时，就只会用"味鲜"了。因为其"滋"之软绵，无出这大黄鱼其右者；其"美"，更无出其上者。

在温州后来的两三天里，再也没有见到大黄鱼。虽然，周雄先生每天热情周到，精心安排饭菜，却都不能提起我的兴趣。在回家的那天早晨，四五点钟了，我跑到海鲜鱼市，问了鱼价（每斤十五元），痛痛快快买了十五条。打算带回来，让亲朋好友一起尝尝这难得的美味。

人没到家，电话早已打到了家里：将大黄鱼的味美，吹得老高。这便吊足了大家的胃口。回到家里，按照温州的做法，用砂锅小火炖，大火收了汁。我一脸幸福的样子，尝了第一口。然后，全家人都带着幸福的表情，争先恐后地尝起来。

舟山举办海鲜美食节时，我应邀去做评委。开幕式晚宴上，我又见到了大黄鱼，在一只大盘子里盛装着，矜持的模样。同桌有主管渔业的市长，他淡淡地说，舟山的野生渔业资源，已近枯竭。举办美食节的大黄鱼，全部都是网箱养殖的。几天的美食节，热闹的场景下，泛着淡淡无奈的气氛。

大黄鱼之殇，就在于大黄鱼的前世，太过娇嫩，太过鲜美，引得一个族群，被"口腹之欲"灭绝。大黄鱼之殇，使得我在很长一段时间里都对品尝大黄鱼有了心理阴影。尤其在饭店里，看到那些不足一斤的黄鱼，那金灿灿的黄色，好像是血淋淋的红。

晚上，和舟山的庄师傅去沈家门海鲜夜市。33号摊位的掌灶师傅和庄师傅很熟。庄师傅说，这个摊位在沈家门名气很大。除了厨艺好，更因为他家老爷子曾经是远近闻名的船老大。

韭菜炒小银鱼、芹菜鳗鲞、萝卜丝氽文蛤、清蒸带鱼……一个比一个精彩。庄师傅看我吃得不过瘾的样子，知道我念念不忘他曾经炫耀的绝世名菜。他试着和掌灶师傅商量，能不能做一个大汤黄鱼。

掌灶师傅从店门前的海鲜档上挑了一条大黄鱼，一边去鳞、去内脏，一边和我们唠叨着——这大汤黄鱼，又叫咸菜大黄鱼。做这个菜，烹制的过程，并没太多讲究，关键在选料。

在洗净的大黄鱼背部肉厚处，他一边斜劈几刀，一边解说着：注意不要劈太深，劈太深的话，待会儿煮汤，时间稍久，鱼身就可能散架。这跟红烧不一样，红烧为便于入味，需深劈至脊骨。

他将劫了斜刀的大黄鱼拎起来，指着说，舟山的大黄鱼，通身鳞光耀金，肉质细嫩鲜美，自古有"琐碎金鳞软玉膏"的美誉。它属于大黄鱼中的岱衢族，比起另外两个族群，它的个头更大，寿命更长，也长得更结实。它的味道，用我们本地话说，就是"飘"。它的滋味，在你的嘴巴里，如轻风一般飘过，飘远。留下你坐在那里回味，心里慢慢浮上两个字——好吃。

掌灶师傅将腌制的雪里蕻切成末，放在一边备用。然后起锅，放油，将锅转着润润。放入大黄鱼，小火煎至两面稍黄。沥去余油，烹入黄酒。加盖焖片刻，加水、加姜丝，放咸菜、放盐，用猛火烧沸，动作一气呵成。锅里汤慢慢开了，一股咸菜的鲜香味，随着蒸腾的热气，让你不由得深吸一口。这时，掌灶师傅将大火转小火，慢慢煮着。煮几分钟，汤汁越来越白，一会儿就呈现出乳白色了。他连鱼带汤盛在一个大盆里，热腾腾地端上了桌。

掌灶师傅拉了一把椅子，也坐了下来。连声问我："好吃吗？"我使劲地点头，说："好吃好吃。"掌灶师傅从兜里摸出一

"滋"之软绵，无出这大黄鱼其右者

把东西，像小石子一样。他说这是大黄鱼的耳石。

"耳石是什么？"

"耳石是大黄鱼听觉器官里的一部分，就是这儿。"掌灶师傅指了指，接着说，"耳石成了大黄鱼灭绝的原因之一。"

过去，为捕捞大黄鱼，想出来最厉害的一招：从大黄鱼的听觉器官下手。这种捕捞方式叫"敲舟古"。方法是敲击船帮，引发剧烈的声波振动，大黄鱼脑袋里的耳石，便会共振。于是，大黄鱼就会头昏脑涨，一家老小都被驱赶到围网中。据说，"敲舟古"作业是大黄鱼资源大量减少、趋于灭种的主因。

过去，大黄鱼、小黄鱼、带鱼、平鱼是舟山渔场的四大经济鱼类。那时，每到鱼汛，海面上泛着金灿灿的光。夜里，这光映着明月，天空都亮堂堂的。大黄鱼产卵时，通常都发出咕咕的叫声。当整个鱼群游过来时，那咕咕的叫声，声势之大，没见过的很难想象出来。

从 20 世纪五六十年代开始，抓革命促生产。鱼汛来了后，海面上千帆万桅。由于交通运输不便，捕获的大黄鱼一时销不出去。政府甚至号召，要多吃大黄鱼。吃大黄鱼成了支援国家建设的行动。因此，它一度被叫作"爱国鱼"。更多的大黄鱼被制成鱼鲞，这样便于存储、运输。大黄鱼被晒成鱼鲞以后，会褪去一身金灿灿的颜色，变白了。所以鱼是"黄鱼"，鲞却叫作"白鲞"。白鲞，以三伏天所制为上品。可以直接蒸食，口感清鲜，还留着一点大海的气息。

　　将厚实的鲞肉撕开，装盆。在手感上，以及视觉上，都给人相当细致的呈现：边缘的肉纤维丝丝缕缕，而且有澄澈的光泽。白鲞还可与五花肉同煮，焖至肉、鲞均酥，汤汁浓稠。在冬日风雪天，烫一壶黄酒，吃将起来。可以假想自己是暮年壮士，这种感受是很高级的。

　　市场上现在有售的，绝大多数是养殖的大黄鱼，由深水网箱养殖。其鲜美程度，跟野生大黄鱼已很接近。大多数人的嘴巴，恐怕不具备分辨的本事。

　　掌灶师傅接着说，养殖的大黄鱼，终究还是大黄鱼。尤其是在舟山，推广养殖大黄鱼，现在大部分是岱衢族的，毕竟系出名门，也挺好吃。他在北京一家超市看见一条黄婆鸡，身前的小牌子上，竟然也标"舟山大黄鱼"。黄婆鸡肉质较粗，味道跟大黄鱼比，可就差远了。

　　2013年，中央电视台的《中国味道》邀约我做一档节目，给全国人民拜年。其中一期，是以鱼为题材，要求好口彩。这对于我来讲，真不是个难事。我想到了"味美"得发"飘"的大黄鱼，以鲤鱼跳龙门的造型，奉献给全国人民一道山东名菜——糖醋大黄鱼。

　　这"糖醋大黄鱼"的酸甜口味，堪称中餐复合味道里的明珠。因为有了网箱养殖，老百姓餐桌上又有了这平民的美味，所以"甜"；而这"酸"，就是那惆怅消失的"猛料"——野生大黄鱼。

黄河在上游河道，虽经过九曲十八弯，却也清澈

黄河美食的味道

描写黄河的古诗中，王安石的这首《黄河》，令我感触颇深："派出昆仑五色流，一支黄浊贯中州。吹沙走浪几千里，转侧屋间无处求。"

那年，有朋友带我去看黄河。在黄河大堤上，一条柏油路笔直。路两旁，夏日的柳树低垂，快要挨到堤面。远远看去，大地蒸腾的热浪，像是火焰在燃烧。飘忽中，一切如海市蜃楼。垂柳扭曲成一团团绿，飘向空中。大堤下，麦子快要成熟了。麦芒已成黄色，明晃晃的刺眼。大堤的这边，浊流相拥着，在宽阔的河面上突奔。一条条防波堤，斜刺着插向河中。

平生中第一次，这样近的看黄河，雄浑壮观。浓郁的乡土气息，更觉亲切，像梦中的母亲。在黄河木船上，随着浊流漂行，仿佛坐在母亲的怀抱中。河水撞击着船帮，激起了浪花。浪花落在衣服上，是一个个泥印。潮湿的空气中，飘着浓重的土腥气。我突然想，在这样的河水中，那跳过龙门的鲤鱼，是怎样存活的？

晚饭就在河中的船上。十几条船，连在一起，稳稳的，像一块平地。坐在低矮的木凳上，河中的风，带着黄土的味道，凉凉的，吹走了身上的浊气。又忽然觉得，自己就是河中的鲤鱼，在这河水中跳着龙门……

红烧的黄河鲤鱼，呈酱色。但还依稀能辨，鱼本身是黄色。这黄色，倒像上千年前黄河古战场上将士厮杀时所披的铠甲。弥漫的硝烟中，铠甲被遮天蔽日的土色掩遮，黯然惨淡。

黄河水酿出来白酒，我不胜酒力。在酒的刺激下，眼睛充满了血色。渐渐地，我的世界里一片红彤彤。黄河水撞击起的浪花，就像战场上飞溅的血。黄河古道上的太阳，像一个大大的古铜色的盘，明晃晃地挂在船头。远处，船簇拥在一起，桅杆顶上飘着旗，剪影映在金红色的河水中。我端着一碗酒，一手插在腰间。金色的风吹着，我像是披上了铠甲。这时的红烧黄河鲤鱼，一定是血色黄昏的味道。

那次以后，在我印象中，黄河的味道，就是雄浑的、带着血色的古铜色味道。可王安石的这首《黄河》，却说"派出昆仑五色流"。确实，黄河在上游河道，虽经过九曲十八弯，却也清澈。2013 年，在宁夏的朋友，强烈建议我见识一下宁夏的黄河和黄河边上的美食：滩羊、黄河鲤鱼，还有枸杞……

这是五月底，银川的节气比北京要晚上一季，冷热正相宜。黄河出昆仑，在宁夏平原（中国地形的第二台阶上），落差小，河水平缓。平原上的银川海拔 1110 米，贺兰山以断层面临银川平原，巍峨高大。重叠绵亘的山体，构成一道天然屏障，削弱了南下的西伯利亚冷气流，也阻截了来自新疆、甘肃、内蒙古的风沙侵袭，成为银川平原的"保护神"。

由于有贺兰山的庇护，山麓东边的银川平原美丽富饶。平原上有黄河流过，黄河西边，就是塞上湖城银川。我们入住的酒店，就坐落在黄河岸边。从窗中望去，一条大河像镜子一般，倒映着天上的白云。起初，我并不觉得这就是黄河，以为只是黄河的一条支流。当在饭桌上说起，要是能在黄河边，一边品饮，一边看黄河水奔腾，那该多好。朋友说，这就是黄河，我们就坐在黄河边上。这才意识到，宁夏的黄河，已不是河南的黄河。此黄河非彼黄河。虽是一河之水，但性情大不一样。这不一样，不仅区别在黄河水一清一浊上，就连饮食也细腻一些。

你看，这吃食，光听这名字，就让你感到宁夏平原雄浑中掺杂的委婉："蒸艾艾""燕麦揉揉""洋芋擦擦""回乡素烩""小揪面"……揪一个面片要冠一个"小"字，这一个"小"就是宁夏人的细腻，是粗中的细。

这天的黄河鲤鱼，同样是红烧的，但已经没了那血色黄昏的味道。而是像跳过龙门一般，奔放俊朗。宁夏黄河里的鲫鱼煮鱼汤，与黄河口东营的鱼汤、郑州花园口的鱼汤都不一样。东营的"鱼汤一条街"，以善煮鱼汤闻名，但因为临海，这里的鱼也是见过洋走过海的，就有一些海鱼的味道；郑州花园口的鱼，则遗传了祖上金戈铁马的豪放，口味中总是蕴含着杀气，汤在口中，转一下才能下咽，仿佛在品味《道德经》。

喝着宁夏的鱼汤，听着"宁夏"名称的来历，想着这两者之间是不是有关联：1288 年，元朝政府改中兴府为宁夏府路总管府，宁夏从此定名。宁夏，安宁的西夏，元朝希望西夏故土从此安宁。贺兰山千百年的征战，锻造了宁夏人骁勇的性格，这大概就是贺兰山这座"军山"留给今日宁夏人的精神遗产吧。又因为"宁夏"，宁夏人骁勇的性格中蕴藏着平和与细腻，这鱼汤就更显浓而不烈，平和耐喝。

"沙枣子开花香天下，塞上江南好宁夏。东有黄河一条龙，西有贺兰山宝疙瘩。"宁夏的土特产中，枸杞、甘草、贺兰石、滩羊、发菜被称为"五宝"。来了客人，宁夏人的饭桌上，必有滩羊，而且一定是"滩羊汤"。

宁夏人以滩羊为骄傲，以"滩羊汤"为待客上品。宁夏的羊汤和全国各地的羊汤大不一样：宁夏独特的气候、地理条件以及天然草场植被，造就了"盐池滩羊"这样一个优秀的地方绵羊品种。朋友告诉我，宁夏的水质含有丰富的碳酸钙。也就是说，水中的钙离子、镁离子等碱性离子含量较高，这样在一定程度上中和了动物体内的酸性物质；而丰美的草料，大多以甘草、苦豆子等优质牧草为主，不含使羊肉有膻味的葵酸。

当然，煮羊汤还要有讲究：一要宽锅、白水，二要沙葱、辣椒，三要不能加盐，四要火候足。这样煮出来的肉，白花花的，骨烂肉酥，蘸上盐花儿，清香无比。

"当然，除了喝羊汤，宁夏滩羊的最高礼遇，就是肉苁蓉烤羊肉了！"朋友的一句话，又勾起了我更高的兴致。窗外，一抹斜阳西下，半条黄河熔金般灿烂。

宁夏的风情，只有你来过才知道：想想白水煮的滩羊肉，蘸着盐花儿，就是这样美味；肉苁蓉烤全羊，想想就让人口水涟涟。一路上，只是恨天不快黑，太阳下山得慢（去吃烤全羊要在晚上）。汽车走到一处渡口，就要换乘羊皮筏子。坐在筏子上，我这个会游泳的人，也是心惊胆战。好在水清地浅，一会儿就适应了。

转过一座山坳，令人惊讶的一幕出现了：在河那头，一群群的羊儿，和着天上的白云，低头吃着草。风吹云走，羊随云飘；水中青山更青，白云更白。岸上的羊儿和水中的白云，分不清哪个是羊儿，哪个是白云。

一棵棵的沙枣树，结着绿豆样的果。古长城的土垒，在夕阳的映射下，透出黄与红的雄浑。路边一簇簇的枸杞，在夕阳中，犹如一颗颗的红玛瑙，看着就让人爱怜，让人心醉。

更让人心醉的，是悠扬高亢的西北的歌——似乎是赶着小驴车的人，一颠儿一颠儿蹦出来的。

扒开地上厚厚的松针，一只粗壮的松茸头露了出来

松茸：香格里拉最美的风景

香格里拉在我的想象中，就如它的名字一样，充满了各种神奇。实际上，最早知道这个名字，还是从"香格里拉饭店"中得知的。

就像普罗旺斯之于法国，托斯卡纳之于意大利，我一度以为香格里拉定是欧洲某个国家美丽的地方。后来，知道了香格里拉就在中国云南，它的美丽就一直在我的幻想中。

那年，为邂逅心中的妙品"松茸"，我去了楚雄，看到准备出口的特级松茸被上好的宣纸包裹着，犹如圣品。随后几天，我们或在秋日的高温炙烤中，或在寒冷秋雨的浇淋下，寻找近在眼前的松茸。可真是奇了怪了，几天下来，就是一无所获。那几日，雄浑秀丽的大山，和着我心中的阴霾，寂寥晦暗。2013 年，寻找松茸的念想更加强烈起来。

这一次我来到香格里拉—我幻想中美丽的地方。头一天下了飞机，已是很晚了。黑夜里，匆忙入住了酒店。第二天早上 5 点，上山找松茸。

香格里拉是大地的水晶心

　　香格里拉县城不大，几分钟后，我们已走在乡村的公路上了。东方的大山，黑黢黢的。剪影般的山形上，鱼肚白渐渐红润起来。远方一处湖泊，白亮亮如同镜子。香格里拉清晨的寒冷，使得湖泊升腾出茫茫的雾气——迷茫、虚幻。此时，红晕一样的朝霞，倒映在白纱一样的雾气中。润润的，像是女子的腮红，妩媚又迷离。

　　水光潋滟，天色空蒙。朝雾似藏家少女的长袖，舞在少年一般的黛色山头。半山上，一缕袅袅炊烟，随着微风弯曲、飘散。突然，山后的那缕光芒，如巨人般跳出来，似山洪般一泻千里。那缕炊烟瞬间变得纯白，如银蛇般舞动。

　　晨光透过朝霞，强劲而有力。一缕光芒，金灿灿地照亮了山脚下的藏寨。藏楼的彩绘和描金，鲜艳而生动。眼前的景象如影随形，更像是海市蜃楼。不，就是海市蜃楼。唯有海市蜃楼，才有如此虚幻的景色。看大地芳草萋萋，野花缤纷——黄的菊花，紫的鸢尾花，红色的、粉色的花朵虽不知名，却也随风摇曳，风姿绰约。更有狼毒花，泛着藕荷色，大片大片地开着。花儿们仿佛都晓得，夏天是绿色的世界，只有秋天才是属于花儿自己的。它们竭尽全力，不为悦人，即使落英大地，也要碾落成泥。

　　晨雾，在花瓣上凝结成滴滴露珠。一颗颗水晶般剔透，这就是大地的水晶心，清澈明亮。阳光透过颗颗水晶，化作了七彩珠链。藏寨的早晨，宁静且美丽。青稞的麦芒已经微黄。晾晒青稞的木架，在田头投下斜斜黑影。高原土豆花刚好含苞，淡淡的紫花，散发着幽幽清香。露水浸透了我的衣服，我期盼它浸透我的心。香格里拉是这样清纯、秀美。

采寻松茸的高山，离吉迪村有 20 分钟车程，海拔 4100 米。曾经去林芝，翻越海拔 4000 米的山时，高原反应强烈。而这次，不但一点反应没有，好像脚步还轻盈了许多。呼吸更是顺畅。我想，一定是香格里拉茂密的森林植被，使得 4000 米高山富含氧气。

山上，松树、栎树交错，疏朗有致；地上，覆盖着厚厚的松针腐殖层。秋季的高山上，气候湿润，雨量丰沛。这样的自然条件，适合各种菌菇的生长。

带着我们采寻松茸的，是一个二十岁左右的藏族小姑娘，叫卓玛。一开始，我并不看好小卓玛。因为上次在楚雄，还是一个四十岁左右的藏族丹增给我们当向导老师呢。小卓玛在前边快步走着，一会儿，就走到了前头很远的地方，几乎没有了路。栎树生得低矮，绊脚不说，叶子还长有尖利的叶针，穿透牛仔裤，扎得小腿生疼。

当卓玛大叫着找到松茸时，大家情绪一下子高涨起来。围看卓玛，扒开地上厚厚的松针，一只粗壮的松茸头露了出来。卓玛先用手清开四周的泥土，再用竹刀插在松茸的根下，轻轻一挺，一只松茸便从泥土里跳了出来。这是一只没开伞的、长度将近十公分的松茸。周围的人，仿佛都能闻到那交织着泥土和松木的香气。

周围的人，仿佛都能闻到那交织着
泥土和松木味儿的香气

卓玛说，看这只松茸的样子，今年松茸的品质和数量一定错不了。听卓玛这样说，我下意识地四下看看，除了厚厚的松针腐殖层，看不到有松茸的迹象。我紧跟着卓玛，只见她用手里的木棍，在落地松针腐殖层上扒拉一下，就露出一只松茸。一会儿工夫，她已经找到五六只松茸了。卓玛高兴得涨红了脸。

我也像卓玛一样，用登山杖在松针腐殖层上扒拉来扒拉去。可就是没找到一只，我有些气急败坏了。卓玛说，找寻松茸靠的是经验。方法其实简单，你看，虽然松针厚厚盖着，好像什么都看不见，但是你仔细看，有松茸的地方，松针会被顶起一个不显眼的包；另外，松树和栎树交杂的树根部最有可能。

按照卓玛教的方法，果然找到一只硕大的松茸。我越挖感觉越好，一会儿也找到了三四只。这时，卓玛在那边叫我们都过去。扒开的松针下，露出一只略小的松茸。卓玛说，这只松茸还不够规格，是不能挖的。说着，她将扒开的松针轻轻地复原。

即将中午，在一棵粗壮的松树下，我找到一窝九只松茸，只只粗大。卓玛说，能找到这样一窝九只粗大的松茸是非常稀罕的。我说，上天生有香格里拉这般圣洁的地方，生长出世界上品质最好的野生松茸，那就什么奇迹都可能发生。

脚下潺潺流水，草长莺飞。山外青山叠翠，白雾迷离。香格里拉，这日月交辉的灵秀地方，松茸是最绝美的风景。

香格里拉的美丽一直在我的幻想中

一折青山一扇屏，一湾碧水一条琴

游富春江

最早知道富春江，还是在上初中时。南朝吴均的《与朱元思书》所描绘：

> 风烟俱净，天山共色。从流飘荡，任意东西。自富阳至桐庐，一百许里，奇山异水，天下独绝。水皆缥碧，千丈见底。游鱼细石，直视无碍。急湍甚箭，猛浪若奔。夹岸高山，皆生寒树。负势竞上，互相轩邈，争高直指，千百成峰。泉水激石，泠泠作响；好鸟相鸣，嘤嘤成韵。蝉则千转不穷，猿则百叫无绝。鸢飞戾天者，望峰息心；经纶世务者，窥谷忘反。横柯上蔽，在昼犹昏；疏条交映，有时见日。

诗文如此美妙，一直以为，此文无非是作者的妙笔生花，更或是文人的虚构。

真至 2011 年，台湾举办黄公望《富春山居图》和《无用师卷》合璧展，恰巧台湾举办中华料理大赛，邀请我做评委，得以一睹其风采，购得二玄社和浙江美术出版社复刻的百幅画作之一卷。还得知，吴均所述的景色是真实存在的，就在富春江"自富阳至桐庐，一百许里"之间。

2011年5月7日，约了朋友，终于成行。我们乘坐的汽车，沿着高速公路奔往富春江市。

早晨的雾气还在公路上滚动，仿佛乘舟而行。路旁树木，被清晨潮湿的浓雾洗就得青翠。凝结的水滴，挂在叶尖上，折射的光，晶莹剔透。远处山峦，似隐若显，影影绰绰。山色葱郁，山连山，峰镶峰，缀连成海。极目望去，翠浅黛深，雾霭如纱，缠绕其间。浓重处，峰峦隐映其间，恰如海市蜃楼。

在淅淅沥沥的小雨中，车已行至富春江市庐茨镇。下车步行数十米，一条蜿蜒曲折的江流映入眼帘。没有去过的朋友无法想象此情此景：水如染，染成一江碧色；山如削，削得群峰似剪；细雨如线，落入清江，恰如散落的珠链在玉盘上迸溅。

"一折青山一扇屏，一湾碧水一条琴。无声诗与有声画，须在桐庐江上寻。"（清代刘嗣绾《自钱塘至桐庐舟中杂诗》）抬眼寻去，江流弯转处，岩上一栋白墙青瓦民居，在绿树环绕中，更加耐人寻味。屋旁两棵冲天柏树，在雨中轻轻摇曳，似是在与游人耳语：这是人们心旷神怡之处，更是陶冶性情的所在。此情此景，正如丰子恺漫画中的小诗，就像吃橄榄似地咂着味道，隽永无穷，含蓄着人间的情味。

中午时分，众人来到一家名为"庐茨味道"的人家。这"人家"是地道人家，非饭馆也。因为只是家中，另添饭桌一张、竹筷几双而已。饭菜也是他家自食之饭菜。墙上的一幅名为"庐茨溪"的画作，让我很有兴趣。据主人介绍，此画是李可染先生1954年来庐茨的写生画。当年，李可染先生在他家生活月余。其间，大家情如一家。写生结束，李可染先生留下这幅画作为纪念。

画中，一江清流蜿蜒曲折。两岸夹山，寒树向上。白墙黛瓦的民居依江而建，古朴而祥和。江水粼粼，波澜不惊。水色天光，宁静而致远。真是"三吴行尽千山水，犹道桐庐更清美"（宋代　苏轼《送江公著知吉州》），说者嘘唏不绝，听者感慨不已。

等饭菜上桌时，徒弟蔡春栓催促我上楼。登上五楼屋顶，立刻被眼前的景致惊呆了。只觉心律加快，拿着相机的手抖动不已。但见树木青翠，峰峦出没，云雾显晦，云低树高。虽无丽影奇色，但景物粲然，一切皆为天真。

下楼入屋，主人家的饭菜已摆上了桌。每道菜都古朴、隽永，得深邃、天真之意。一般来讲，在人家里（或饭馆）吃饭，能有一两道菜让你满意，让你中意，让你兴奋，让你吃惊，已属不易；能接二连三，整桌的二十余道菜，都让你癫狂的，是何物？

给我们做饭的，是位六十开外的老妇人。她说，没有跟谁学过厨艺，但做饭已近五十年的光景了。近五十年来，没有离开过这里的江、水、山。这里的四季轮回，山水间的物产，她是再熟悉不过了。正是这山川清秀，草木华滋，使生长于此的老人对生活从容平淡，不事华丽，不爱张扬。春炒江花红似火，夏烹绿树淡滴翠，秋烧两岸点红霜，冬煮寒钓一江雪。这菜中的哲学，这菜中的意境，你能感受不到吗？

　　窗外，天色愈发阴郁。诸山浩然，雾色如烟。错落的农舍点缀山间，一幅山水画卷就展现在眼前。真是"钱塘江尽到桐庐，水碧山青画不如"（唐代　韦庄《桐庐县作》）。老妇人凝神，坐看窗外，那是她再熟悉不过的景致。我顺着她的视线看过去，分明看到"鸢飞戾天者，望峰息心；经纶世务者，窥谷忘反"（南朝　吴均《与朱元思书》）。不是吗？

品尝北京菜的豪气范儿

旧燕京十六景中，"银锭观山"指的是银锭桥。当年，我走近它时，倍感失望：能排进帝都十六景的一座桥，应该是颐和园十七孔桥般大小，或是以"卢沟晓月"闻名的卢沟桥般的雄浑。都不是，银锭桥是如此的小。这般小模样，连接前海后海的葫芦腰儿，你是不会多看它两眼的。但银锭桥之所以有如此大名，是因为它是北京城中，站在与地面等高的桥上，唯一可以极目眺望，领略西山浮烟晴翠、绵延相叠景致的所在。

小小的银锭桥，拥有三绝：银锭观山、观赏荷花、品尝烤肉。如果说，银锭观山、观赏荷花可以和"最美的一条街"相媲美的话，这品尝烤肉就别有风味了。一盘盘美味的烤肉，让你从舌尖上深层次地体味北京之气韵。

离银锭桥几步之遥，矗立着一间"烤肉季"饭庄，有一百六十余年历史。遥想当年，金戈铁马，蒙古人在鏖战中实践出堆篝火炙烤牛羊肉的方法。草原上遍地的沙葱、野芫荽可以去腥膻，盐巴可以增加美味。

既然我的烤肉已经日臻完美了，那就干脆故步自封吧，
让它成为经典，让它成为标准

金元定都后，烤肉这原本和北京无关的地方风味，也被带进来。每天锦衣玉食的达官贵人，以谷粟饱腹的老百姓，都无法适应这种饮食的"豪放"。商家为满足顾客的要求，不断改进品种，不断改进经营模式。经年流转，从荷花市场的烤肉摊，精化出肉片薄厚更加均匀的"烤肉季"。肉香，不膻不腻。古今中外，概莫能外。

我倒觉得我们的前辈们，为了养家糊口，讨顾客欢喜，投其所好，不断精进。其能力要比我们现在的一些企业、领导们灵活多了。

"烤肉季"的烤肉就是好：当它不能再精进，没有能力"创新"时，就刻意保持历史上前人形成的"美味"标准。以不变应万变，不失为一种策略。市场创新的目的，说到底还不是变着法儿地让客人满意。既然我的烤肉已经日臻完美了，那就干脆故步自封吧，让它成为经典，让它成为标准。什么时候老客人回来了，品一品，尝一尝，解解馋，还是那个味儿，客人们心满意足了，就齐活了。

餐饮业忌讳的，就是人在、店在、家伙事儿在，味儿却没了。那就是一棵枯木，倒下是早晚的事。这种店在北京不在少数，牌子挺响，做的菜，水味儿。

满觉陇旁金粟遍，天风吹堕万山秋

满觉陇：有暗香盈袖

清人张云璈《品桂》所云：

西湖八月足清游，何处香通鼻观幽？

满觉陇旁金粟遍，天风吹堕万山秋。

去年深秋，在杭州。与沈宏非先生，还有眉毛兄，一同在黄龙饭店的后街散步。清秋素月，树影婆娑。忽然一阵甜香飘来，细细香风淡如烟，树上落下来碎屑一样的桂花。眉毛随口吟咏"桂子月中落，天香云外飘"（唐代　宋之问《灵隐寺》），这时我才意识到这就是"桂花雨"。

再看，路边一排桂花树。茂密宽大的树冠，在清辉的月光中，树上一簇簇桂花正盛开着。花期将尽，花儿无力挂在树头，一阵轻柔的秋风吹过，花儿就如秋雨般飘洒下来。人在树下走，花儿就落在头上、肩上、身上，落得树下铺满了一层细细的金色的绒。走在花上，是这样的不忍心，更走得心软。

每年秋天，桂花盛开，香满空山，落英如雨

2013 年秋天，突然有了赏桂的念想。八月十五后，约了眉毛兄，去石屋洞。石屋洞是满觉陇里一个最佳的赏桂场所，自明代开始就是杭州桂花最盛的地方。现在，这一带的路旁、坡地、崖前、洞边，共种植桂花树 7000 多株，树龄最长的达 200 多年，是杭州赏桂花最著名的景点。

明代人高濂在《满家弄赏桂花》中写道："桂花最盛处，唯南山、龙井为多，而地名满家弄者，其林若塘若栉。一村以市花为业，各省取给于此。秋时，策蹇入山看花，从数里外便触清馥。入径，珠英琼树，香满空山，快赏幽深，恍入灵鹫金粟世界。"

西湖秋游，日赏桂，夜赏月。赏桂以南山满觉陇最盛。桂花是杭州的市花。西湖栽培桂花，盛自唐朝。西湖早期诗篇中，每每以桂入诗，都是西湖北山灵隐、天竺一带寺庙所植。而满觉陇秋赏桂花，是明以后才形成规模的。满觉陇因桂花而闻名，每年秋天，桂花盛开，香满空山，落英如雨，故有"满陇桂雨"之美誉。

只可惜，这一次我们来早了。石屋洞庭院里，古刹幽幽，桂树叶色苍翠，桂花则恰似一捧捧的金色粟米，挂在枝叶下。花儿还没有开，也没有花香。庭院里没有多少人。我们选了庭院里的藤椅，坐下来喝茶。

茶是龙井，茶汤上漂着干枯的桂花。这就是平日里供游人品茗的桂花茶了，轻轻啜上一口，龙井茶的清香中杂和着桂花的幽香。树上桂花金灿灿的，一粒一粒饱满得快要怒放了。老茶旧花，还有透过桂花树洒在地上散碎的月影。

桂花是一种常绿小乔木，性喜湿润。满觉陇两山夹峙，林木葱茏，地下水源丰富，环境宜于桂花生长。这一带的居民以酿制糖桂花、售花为主要经济来源，一代传一代，终于造就了这一片"金粟世界"。

五六日后，听杭州的朋友讲，桂花开了。我便再次到了满觉陇。车门开时，桂花馥郁的香风，沁透肺腑。真是香满空山，一路芬芳。

这一次，在杭州朋友的介绍下，我拜访了糖桂花制作世家——满觉陇的沈老先生。

他家的院子在满觉陇的街边。院子不大，但院子前后遍植桂花树，树上桂花正盛开着，满庭芬芳。

院中空场处，酿制糖桂花的陶质大缸一个挨着一个。

我们到时，老人家正在屋里，和家人打着麻将。我不忍打扰老人的阖家之乐，就在院子里前前后后尽情地拍照。院外的山上，有红红的枫；院里金色的桂花，一簇簇地怒放着，挂满枝头，染就这浓郁的秋色。

秋风恰如秋水，激荡着浓郁的幽香，在小院中盘桓，清冽而甘甜。昨夜一场秋雨，小院的台阶上、栏杆处，已然铺满了一层桂花儿。好似伊人在水一方，恬静幽香，凭人遐想。

经典白天鹅的经典菜

说起广州白天鹅宾馆，忽然想起苏东坡的《闻子由瘦（儋耳至难得肉食）》："五日一见花猪肉，十日一遇黄鸡粥。"花猪肉最有名的做法，当然是"东坡肉"（现为东江名菜）。而以黄鸡入菜，除了"黄鸡粥"外，粤菜里名品很多：东江盐焗鸡、文昌鸡、脆皮鸡、口福鸡、太爷鸡……白天鹅宾馆的"葵花鸡"最是独具风韵。

在广州南沙的百万葵园，种植着大片的葵花。葵园的老板谭伟兴先生，某天想到：如果以葵花盘、葵花叶为食饲养三黄鸡，岂不是两全其美？经过多年的研究，百万葵园用最极致的方法，不加或少加佐料，来突出鸡的葵花香气。这便成就了今天美味又营养的葵花鸡。

鸡好还要识鸡人，这就要说到彭树挺先生。彭先生是个老餐饮人，时任广州白天鹅宾馆的副总经理。他在餐饮行业里闯荡了近半个世纪。一次偶然的机会，彭先生食得葵花鸡，立刻被那清甜、甘香、骨脆的味道吸引。他发现，葵花鸡与普通鸡口感上最大的不同，在于鸡身有着葵花天然的香气。他以极大的热情宣传这款当年名不见经传的土鸡。现在，葵花鸡已成为百万葵园和白天鹅宾馆的名菜。

一个餐厅成为名店，必是这个餐厅有名菜。而名菜背后，必有一个名人（老板或名厨）。彭树挺先生就是这样一个名人。之所以出名，就在于这么多年以来他对于好食材的挖掘和珍重。

每次我去白天鹅宾馆，彭先生总会用一个小小的信封装几片新会老陈皮。记得第一次去的时候，他神秘兮兮地将信封打开，递到我的鼻子底下说："这是白天鹅开业时的陈皮，快30年啦。"一种自豪和着微笑洋溢在脸上。我知道里面的那几片老陈皮对白天鹅宾馆的名菜所起的决定性作用。

白天鹅宾馆对食材的苛求，已经成为习惯、传统。像彭树挺一样，成为白天鹅宾馆名人的，还有行政总厨梁健宇师傅。梁师傅从一个学徒工，到现在掌管整个中餐厨房，不仅保持了传统菜式的品质不变，还和几个师傅一起创立了白天鹅宾馆的招牌菜。他自己的拿手菜"盐焗大连鲜鲍"，就是老客人来白天鹅宾馆必吃的一道菜。

有一次，和梁师傅说起这道菜。他说，选用大连鲜鲍有讲究。比如，一定要用一斤五个头的鲍鱼。个头大了，鲜味会减少；而个头小了，香味会不足。关键是，要用盐焗的方法，将鲍鱼的鲜美味"逼"出来。

粤菜里"焗"法，最有名的就是"东江盐焗鸡"。"焗"法也只有粤菜才有。"焗"是广东方言，它是由"锯"引申和演化而来的，"焗"就是用铁器将破裂的东西箍住，有紧逼之意。由此看出，盐焗鸡就是用炒烫的盐，将鸡的鲜美味逼迫出来。而"盐焗大连鲜鲍"，能保持鲍鱼的鲜和香。其白若小儿肤，嫩如乳蚌肉。若不想让它的好味流失，非盐焗法莫属了。

这些年，名厨大师们都在研究干鲍如何溏心如怡，对鲜鲍烹制不屑一顾。"盐焗大连鲜鲍"，好就好在鲜鲍鱼美味无比。更好在，能让老百姓吃得起。梁师傅说过一句话，"大众的才是永恒的"。这是对"盐焗大连鲜鲍"最好的点题：其思想内涵可与菜品味道比肩，富有哲学美味。

在白天鹅宾馆，和梁健宇师傅一样，从厨工龄30年左右的员工有近50人。这近50个人，是白天鹅宾馆品质的保证。社会上的一些老板们，也将这些人视作开店发财的宝贝。如果得到几个，哪怕得到一个，都会再造一个"白天鹅"。

邓伯庚师傅是白天鹅宾馆烧腊部主管，也是从厨近30年的老师傅。初见时，你会觉得他好年轻，像一个健美运动员，壮壮实实的。白天鹅宾馆的名菜"白卤水鹅掌翼"，就一直在邓师傅的掌控下，成为粤菜里白卤水的翘楚，在广州大获盛名，也在全国声名鹊起。每次，我吃这道"白卤水鹅掌翼"，总是迷恋它的清香。那清香的味道不比红卤水的香浓，但那清香隽永且优雅：清而不妍，香而不肥，自成一格。

白卤水和红卤水，粤菜古已有之。只不过，白卤水比红卤水更加费时费工。药材香料稍有不当，卤水的颜色就会变深，所以在广州也罕有店家来做。而邓师傅从走进白天鹅宾馆起，就和这白卤水相守相望。年头长了，对白卤水就有了感情，就像侍弄自己的孩子一样，来不得半点马虎。

大凡卤水菜好吃有味，一定要有经年流转的"陈水"，就是保留几十年或上百年的老卤水。而能让卤水保存几十年不变质，其实很简单，就是一定要有一个人每天将这卤过料的卤水清渣、去油、冷藏。这个活看似简单，却要极其细致，稍有马虎就有可能将陈水变成死水，那可是无价之宝。所以，让你工作之余再做这件事，如果没有热爱，就只有烦躁。

据说，当年"道口烧鸡"成名，就是因为店家存留了上百年的老卤水。为了保持卤水夏天不变质，想出了一个方法：将清渣去油后的卤水吊在深井里冷藏。

另一个真实的例子：北京一个叫武蕴胜的老厨师，2012年96岁高龄；他自己在家制作泡菜，泡菜水已经半个世纪了。半个世纪里，武老精心养护，不让一点儿脏污进泡菜坛。那坛泡菜水泡出来的泡菜，什么时候吃都是清爽甘脆。武老的泡菜，成了亲朋好友的口福。过去有句谚语，叫作"人勤地不懒"。其实各行都一样，厨行是勤行，真是不假。

每次吃白天鹅宾馆的"白卤水鹅掌翼"，都要向邓伯庚师傅致敬，这个壮实的老师傅总是笑呵呵地说："我几十年只做了养白卤水一件事。"邓师傅这句话，说得很是平淡。我看了那卤水，淡

白天鹅宾馆的"白卤水鹅掌翼"，和粤菜的卤水相比，少了几许药料的浓美，多了几许清香

淡的金色，大夏天也是颤颤巍巍的"冻儿"。

再说说"利老香茅乳鸽"。1994 年，香茅草在广州并不多见。利树钧师傅见到香茅草，为其柠檬香味所吸引，便暗暗尝试将其应用到菜品中。

他不断试验：用蒸的方法，蒸不同的食材，蒸鱼、蒸鸡，效果不好；将香茅草加工制成香茅汁，腌制不同的食材；炸、烤；最后发现，用香茅汁腌制乳鸽后，烤炙效果奇佳。

那年，白天鹅宾馆员工技术大比武。利师傅以这款"香茅乳鸽"参赛，一鸽惊四座。"香茅乳鸽"清香怡人，柠檬香四溢。乳鸽在粤菜里，卤水、炸、豉油各法都有妙品。但这款"香茅乳鸽"却另辟蹊径，以香茅的清香成功化解乳鸽之腥气，适合岭南潮湿闷热的气候。

这款乳鸽，最贴切的名字应该叫"利老香茅乳鸽"。一个厨师，辛勤一辈子，最大的成就感，莫过于自己发明创造的菜品得到客人认同。像"麻婆豆腐""宋嫂鱼羹"一样，成为经典传承。

当一个人对一种食材、一种技法有了感情，产生挚爱，以自己一辈子的激情，创造一款菜，使这款菜成为经典，这是情理之中的事；当一群人，以同样的心态，用一辈子去爱一个店，让这个店成为经典，也是情理之中的事。

可这种经典离我们越来越远，已成为一种期盼。

感受龙井草堂的范儿

2012 年夏三伏天，在"龙井草堂"品赏。菜单还是以那款老豆浆开场，深入人心。不知在他家喝过多少次老豆浆了。菜单中的菜品，不时有一些更替。但老豆浆，总是在菜单中的第一款。如果没有了老豆浆，龙井草堂的饭局开篇会是什么样？不知道。

老豆浆有着记忆深处的那份淳朴与自然，它悄悄地告诉你："龙井草堂"的出品，虽朴素但经典，简约但不简单。这款老豆浆，怕是现在注重品质的餐厅也喝不到：柴锅熬煮豆浆，卤水香夹杂着锅底口香。在喉咙里，浓稠得久久化不开。陪衬豆浆的，有几款小菜。这才让人明了其妙用：或腐乳或酱黄瓜或虾米皮或椒盐花生，你不得不夹起，将这浓密味儿的膜打破。小菜恰又体现了店家的心思，服务无微不至，就像小时候吃糖口渴了，母亲赶快端来那杯水。

"金蝉银翎"，就是金蝉花煨老鸭。金蝉花是中国传统名贵中药，属虫生性药用真菌，像冬虫夏草一样。高档菜品会使用这些原料，和一些珍稀食材配伍，显示菜肴的档次及养生功能。

不觉知有我，安知物为贵

这道菜可圈可点的，倒是它按季节出牌。对"龙井草堂"的好感之一，就是它能够按季节变化一部分菜单。这在现在的中餐馆也是不多的。被誉为金翎的老鸭，伏末或初秋，正是江南人家尝鲜的时候。

"龙井草堂"的精致，全在于一个讲究。"慈母菜"里的猪肉，用的是"金华两头乌"。它皮薄骨细，肉质鲜美，肉间脂肪含量高。其后腿，是腌制金华火腿的最佳原料。有了好食材，好味道便成就了七八成。

慈母菜是"龙井草堂"的看家菜。土锅柴火，已有些年头。炖出来的肉，红里透黑。那次，我逆光拍这道肉。镜头中，肉皮晶晶透亮，红黑红黑的。有点像"农村红"，煞是惹人爱怜。大块肉，炖得四角都溜了肩，定是肉里的油待不住。瘦肉有点柴，但这柴让你吃着踏实。一口下去，一股眩晕顺着脑门上到脑顶，你懂的。

还有，"无名英雄"不用鸡汤，怕是鸡味盖了鱼味。先用鲫鱼熬好汤，再炖大鱼。可怜这些小鱼，功成名就后剩下一堆白骨。

那天，听一哲人讲话。说一只走地鸡，如果遇不上个好厨子，炖不出一锅好汤，那真是白死了。

如此，这些炖成鲜鱼汤的小鱼们，真是上辈子烧了高香。在"龙井草堂"的鱼锅里，被炖成一堆白骨，死得"重于泰山"。还有，用四十斤油菜，择出一小盘菜心，用鸡汤煨了，再码好装盘。如此这般折腾，郑重、矫情。我心想，青菜炒了吃，清清爽爽多好。浓汤煨之，细咂嘛，有点那个味儿。讲究嘛，就是这个范儿。但这绝不是农家菜的范儿。

屋外暑气蒸腾。饭桌上，应着节气，一道"炒蝴蝶片"正当令。只可惜，火候有些老了，定不是大师傅手艺。那日，我们到时已是午后两点钟。大师傅午休，徒弟练手是自然的事。大师傅也是从徒弟过来的。想当年，我当徒弟时，别说火候，就是咸了淡了的菜，也不知道招了多少骂。瑕不掩瑜，三伏天吃上黄鳝，应了那句"小暑黄鳝赛人参"，感受店家的讲究，心里舒坦。

这讲究，诠释着"龙井草堂"的品位。店家深厚文化内涵的品位，不经意流露。

一簇一簇淡雅的苔痕，由阶而入。屋旮旯，不知是什么嫩芽，钻出有一尺长；侧屋，书案宣纸上还留有墨香；木架上的古琴似是余音袅袅，让你的心静静的；这屋虽是砖砌土垒，灰瓦木椽，但简朴中透着幽雅，隐含着古人出世的达观。

饭吃完了，不想走，坐在遮阳伞下出出神。一阵雨打芭蕉，由远而近，"噼啪"作响，似是急风骤雨，未及躲避，雨儿已不知蹦跳去了何处。潇潇雨歇，浓密云隙一道光芒四射，草堂的黛瓦白墙被勾勒出明亮的轮廓。

一顿饭吃得意趣盎然，真是"不觉知有我，安知物为贵"（东晋　陶渊明《饮酒》）。

石家饭店

暮春三月，江南草长，杂花生树，群莺乱飞——南朝丘迟的《与陈伯之书》，寥寥数语，勾勒出一幅无比美妙的江南春景。我知道，此句中"暮春三月"乃是阳历的四月，此刻阳历的三月，江南还是仲春，春寒料峭，乍暖还寒……

我受"中国烹饪协会"的委派，去苏州、常州、高淳、盐城几地，给那里申报"中国烹饪大师"的厨师考核资格。

苏州的木渎古镇，有一家百年老店。知道它，是在1975年版的《中国名菜谱》上。尤其那道"鲃肺汤"，几乎已是遐迩闻名了。前几年，国内时尚权威杂志《美食与美酒》又登载了文章，是著名食评家沈宏非先生所撰，对它及现任掌灶大厨毕建明先生进行了介绍。看了那篇文章，我已心存念想。

那天恰巧是惊蛰，天却下起了纷纷扬扬的雪花。木渎古镇，掩映在一片迷茫之中。是雪？是雾？一片烟笼——枕河人家、白墙黛瓦，屋顶上已是一片白。只露出了瓦沿的一线青色，屋墙瓦上已浑然一色。河沿的迎春花，刚张开了花骨朵儿，接下了厚厚

归舟木渎尤堪记，多谢石家鲃肺汤

的雪花，那抹黄色愈发显得灵动。河水泛着银光，在一片雪色之中，衬得像是一块黑金。

雪色的木渎，煞是清新淡雅，和它的历史一样美。

"积木塞渎"的故事，就是"木渎"这个古镇名字的由来。现在，木渎镇新的小楼比比皆是。木渎的名胜古迹，主要集中在山塘老街上了——山塘街边有一条小河，叫作香溪河。"木渎"雅称"香溪"，源于吴越春秋时的吴王夫差和西施。

除了香溪，山塘街上还有有"江南名园"之称的吴家花园。说起"中国四大名绣"之一的"苏绣"，那就要提到这山塘街的"沈寿故居"了。沈寿完美了"苏绣"的历史，她不仅是木渎人，更是"绣"在苏州这方水土上的一叶兰草。

和木渎相关的故事还有很多，但都已尘埃落定，沦为历史。至今仍焕发勃勃生机的，只有山塘街的"石家饭店"了。

二百年前，石家饭店坐落在山塘老街上，和江南众多的私家小店一样，并不出众。它的成名，源于出生于陕西三原的国民党元老——于右任。想象当年，西北高原除了黄河鲤鱼，恐怕并无他鱼可吃。且黄河浊水，鱼味土腥。封存在他味蕾之中的童年记忆，可谓食而未知其味。

那年，老先生三碗"鲃肺汤"之后，写下了使石家饭店名噪至今的打油诗："老桂花开十里香，看花走遍太湖旁；归舟木渎尤堪记，多谢石家鲃肺汤。"

他喝鲃肺汤，是秋天桂花香时，但这并非鲃鱼肝鲜肥香之际。一年当中，暮春才是鱼儿鳔肥体壮、鱼子肥美、肝鲜肥香之季。可见，非于右任品鉴不高，而是"石家饭店"厨师手艺确实精妙罢。

沈宏非和我说："吃'石家菜'，非要毕师傅亲自料理才可得其真味。"这次去江南做考评官，申报"中国烹饪大师"的厨师中，恰恰就有这位毕师傅。陪我前去的，还有苏州烹饪协会的华会长和"得月楼"的老板林先生。可想而知，毕师傅真是使出了浑身解数。你也可以想象，这一餐饭是多么华彩了。

"鲃肺汤"——鲃鱼肝幼滑肥香，汤上浮着鱼肝溢出的油脂。飘出的香气，已然让你感受到了它的脱俗。

让我大呼过瘾的，是石家饭店的"三虾豆腐"。豆腐以去年秋天的新鲜黄豆制成，配以太湖白虾的"虾仁、虾脑、虾子"。这道菜鲜且不说，石家自制的豆腐没有一点豆腥味，且异常滑细，又略带韧劲儿，烧得是有滋有味。当年最解"石家菜"的是周作人。他到石家，不点"鲃肺汤"，而要吃"豆腐汤"，并有名句为证："多谢石家豆腐汤，得尝南味慰离肠。吾乡亦有如家菜，禹庙开时归未成。"

窗外，雪还在下着。飞雪连天的木渎古街，显得有些清瘦。这清瘦，让你的心情也爽洁起来，让人对山塘的春有了更多清鲜的期盼。想，是鲜鲜亮亮；想，是更有滋味。

瑜舍北餐厅

中国有一句谚语，叫"十里不同风，百里不同俗"。南方人嗜甜、北方人爱咸、山西人喜酸，各不相同，这缘于习惯、地理、气候等因素的影响。

东方与西方，中国与欧洲，路途之遥远，就已经不是"十里不同风，百里不同俗"的差异了。中西方文化及社会制度，带给地球两边的差异，存在于方方面面。就饮食而言，这种差异再自然不过了。

这些年，外国人在中国开的中餐馆越来越多，诸如"秀""汉舍"等。外国人说中国话，音会变味儿；外国人做中国菜，菜中自然也掺和着洋味儿。"北"就是这样的餐厅。

"北"餐厅的行政总厨 Max Lexy，中文名叫李思维。他个子高高的，面容清癯，身材瘦瘦的，看不出半点厨师的样子。那天我在"北"餐厅，沙发旁边是由中式灯笼变化而来的玻璃地灯。李思维头上戴着一块蓝白方巾，在明档中忙碌着。

上来的"肉皮冻"，让我觉得不可思议。看来，李思维对老北京菜还是有研究的。肉皮冻是深藏于北京民间的家常吃食，在过去，只有过节时才做。将肉皮取下，加上青豆、熏干、胡萝卜，炖好。然后放在盆中，凝结成冻，拌上三合油吃。在北京胡同深处，还留着老北京的气息。只有到过这胡同深处，才能领悟这其中滋味。

"豆腐和六味酱汁"，据说这豆腐是李思维的独具匠心之作。他使用有机的非转基因大豆，将它们在水中浸泡一晚后，磨成豆末儿。然后用水，蒸成豆奶。为了制作出最鲜嫩的豆奶，他加入了 Nigari（一种提炼过的海水），再次蒸。这样，会使豆奶形成奶酪一样的凝状物。吃起来，有北豆腐的口感。看来，这哥们儿对北京美食确实研究过。六味酱汁可见李思维的用心。其自制的 XO 酱、小香葱酱、黑芝麻椒盐、蒜蓉酱、姜末酱、豆腐乳酱和日本酱油，使豆腐的味道更精彩，再挑剔的食客，也可以挑对味。

接下来的"鳗鱼黄瓜配味噌鹅肝"，鳗鱼用了日式烧烤酱汁，咸鲜软嫩，带有浓郁的酱烧味；黄瓜是北京腌辣黄瓜的做法，爽、脆、酸、辣，很开胃；鹅肝淋上了韩国泡菜的汁，入口即化的同时，咸辣滋味刺激味蕾。品尝到此，我才明白，"北"餐厅的"北"之含义——它是一家融合了中国北方、日韩料理精华，并结合现代西方烹饪技巧的餐厅。而这种烹饪理念，最早来自上海著名澳籍厨师和餐饮管理专家 David Laris。

"辣味黄狮鱼头"使用了分子厨艺的低温慢煮技术：他将处理过的鱼头加上酱油和绍兴酒，放入真空袋中，以45℃的水慢煮 4

以香茅的清香成功化解乳鸽之腥气，
适合岭南潮湿闷热的气候

小时；再将四角豆和韩国泡菜打碎，加入调料中，抹在煮好的鱼头上；吃前，放入烤架上焗色。不知是饿了，还是这味道吸引了我，那肥肥的鱼头，在咸鲜微辣的泡菜佐伴下，确实让我胃口大开，大快朵颐。好大的一个鱼头，就这样被我干掉了。

我想，我品尝的不仅仅是李思维做的美食，还有他的思想。

太湖寻蟹

书案上，长年放着我喜欢的一对镇尺。镇尺上刻有"删繁就简三秋树，领异标新二月花"，总觉得是那个板桥道人在和我对话。

喜欢郑板桥的才气，更喜欢他那"一枝一叶总关情"的生活态度。郑板桥是江苏兴化人，在他的作品里，处处洋溢着江南水乡的情愫。喜欢郑板桥的一副对联："船过簖抓痒，风吹水皱皮。"活灵活现，灵动至极。每次读来都忍不住拍案叫绝。那天，窗外的北京，七月的槐花正浓艳。闲来无事，查了"簖"的意思。"簖"（duàn），渔具名，是指插在河流中，阻断鱼蟹行进的栅栏。常用竹枝或芦秆编成。此解，一下将我的思绪拉到了江南。苏南的童子蟹，该是退最后一次壳的时候了吧？江南的这种捕蟹方法，不是叫"闸"吗？思绪不禁飘远，童子蟹的淡淡清香和沙沙的蟹脚响声，仿佛近在眼前。

是夜入梦，我划着小渔船，在江南的湖汊上捉蟹……江南四处，河道密布，水网交织，水乡人家坐拥堤坝。白鹭湖上飞，湖

太湖六月黄粥

水门前流。湖上各种飞禽，水中游着虾蟹。依水而居，靠水吃水的本事是天生的。"簖"就是再简单不过的捕鱼蟹的方式了。渔民们用三米左右长、两厘米左右宽的竹条编制成一个竹筏，立起，插在河道中。竹筏的长度和河岔的宽度一样，但需要在竹筏的中间，在近水面处锯平，这样既可以拦鱼虾蟹，又不妨碍小船通行。我坐在船上，橹摇船行。两岸芦花飞扬，秋稻飘香，岸柳婆娑。水儿不惊，波澜不兴，只是星星点点反射着太阳的光芒。一袭凉风吹来，沁人心脾的清凉，夹带湖的鲜潮气息，真是有些惬意。风越过小船，水面上吹皱起一层麻皮。

远远看见，"簖"两边露出的竹筏，清澈的水下，竹栅栏像一把木梳立在水中。小船从"簖"穿过时，竹栅栏像一把巨大的木梳，从船底梳过，哗哗的蹭刮声，摩擦在船底，抓痒着船上人……

梦醒后第二天，我便迫不及待地乘机转车跑到太湖。去看想念了一年的"六月黄"童子蟹，只想最贴近地看它们的稚嫩模样，亲吮它们的清香。

太湖的凌晨四点，东方已露出鱼肚白。湖水泛着青色的光，湖中的水草随着水流摇曳跳舞。我和友人坐着快艇，一路从河汉中驶出。眼前看到的，和梦中的景象大不一样，并没有想看到的"簖"。湖面像一面硕大的镜子，养殖大闸蟹的围栏和房舍倒映在湖面上。远处，影影绰绰的有小船划过，像是在大舞台上。从这边晨雾的幕布中出来，又钻进那边晨雾的幕布中。一群湖鸭，不知是被早起的蟹农惊醒了，还是它们像是叫早一样，嘎嘎地叫着，排着队晃着身子，游向远方。

蟹农都是这个点儿就开始一天的劳作了。这几天，"六月黄"已开始聚集蟹黄，再退一次壳，就是成年大闸蟹了。所以，要赶着最佳时机挑蟹。

挑蟹是个技术活儿，不能言传，非得在长年的挑蟹实践中才能练就——假把式挑不出满黄蟹。带我们看蟹的师傅姓章，大约五十岁。湖里的人，都管他叫"闸爷"。一开始我以为他姓闸，也跟着这样叫。闸爷不好意思地说："我姓章，过去大闸蟹还没有这样大的名气，生产队在一些湖汊里用些竹栅栏拦鱼蟹。我是专门看'闸'的，时间长了，大家就叫开了闸爷。"我乘机将"簖"和"闸"的疑惑和他说了。闸爷笑笑说，那是苏南、苏北的不同叫法，自古以来便有"南有澄湖闸蟹，北有溱湖簖蟹"，人称"南闸北簖"。我这才明白了。

闸爷给我演示了挑蟹，我随即将他挑的小蟹放在桶中，带回工棚。水早已烧开，只一会儿，热腾腾的蟹香，裹挟着早晨的清凉雾气，钻进鼻孔。嗅觉被激活了，蟹的味，越发是这样轻灵。"六月黄"真如童子般，没有性发育，没有蟹精，也没有蟹卵，肉质也没有那么紧密，有的就是清新。这清新和着太湖清晨清凉的气息，沁人心脾，涤荡着我这来自世俗的身躯。

"闸爷，"我叫道，"过去您看闸口的时候，蟹是不是多着呢？"听我这一问，闸爷眼睛一亮，放下茶杯。他走到栏杆边，

大董研发的花雕芙蓉蒸阿拉斯加帝王蟹

望着湖里，打开了话匣子。在他的描述里，我仿佛也看到他小的时候，秋天菊花开了，湖里水岔里，到处都是那种青壳白肚、黄毛金钩的青蟹。蟹多得相互叠着露出水面，月光下，壳泛着青幽幽的光。

江浙之间，最有名的螃蟹，大概是兴化中堡蟹与阳澄湖大闸蟹。每年二三月份，春暖花开，在长江入海口，蟹苗陆续孵化出世。溯江而上，进入内河，寻找安家之所。待到兴化溱湖，水流平缓，水质清纯，气候温和，水中小虾小螺草食丰茂——关键是水清。说到这里，湖蟹怎样吃最好？当然清水蒸。用蟹仙李渔的话说就是："螃蟹宜蒸食，方可保留其美质，如脍如煎，则蟹之色香味全失。"犹如好香必须自焚、好茶必须自斟一样，吃蟹必须"自任其劳，旋剥旋食则有味，人剥我食则味同嚼蜡"。这个过瘾，包括要自己动手。

吃湖蟹，是一个漫长、美好的过程。过去吃蟹，讲究从"六月黄"开始，"六月黄"比大闸蟹多了一分丰腴，少了几许肥腻；多了一分清香，少了几许艳丽。到了"九团十尖"的季节，大闸蟹开始登场：蟹瓤橙、雪丽蟹斗、灌蟹鱼圆、蟹粉蟹肚公、蟹粉狮子头、蟹粉炒鲃鱼肝……腊月一过，蟹季的交响乐达到了高潮，最后是"秃黄油"。

为了尽可能延续美味的蟹期，湖区常用醉蟹的方法来保存。选择体健、膏肥、脂满的蟹，放在水里养十天半个月，尽可能让蟹的污物全部排净。在蒲包中，干渴它几天。再把每只吸干水气，在蟹脐上，敷上适量花椒盐，放入醉蟹缸中，浇入黄酒。几天没喝水的螃蟹，喝了黄酒，这样腌的效果好，叫作里外同醉。这样封缸月余，即成醉料蟹。开封，将第一次的酒水倒出，再用黄酒、盐、糖、姜、葱、花椒、八角、茴香等多种原料，制成醉卤液进行第二次醉制，坛口封牢扎紧，一周后即可开封食用。上席之前，除去蟹脐等秽物，略洗原卤，整只上或切小块码成原型都可。入口后，有一股淡淡的酒味，却又兼具香、甜、咸、爽之味，实在是人间绝品。

如果吃完了，还该怎样解馋呢？

那就想、就盼、就等来年吧。

清蒸大闸蟹

太湖蟹季最强音——菊花蟹宴

中国菜，其烹饪原料归类有多种，我一般分为有味类和无味类。无味类诸如：海参、鱼肚、蹄筋……有味类则太多矣，不胜枚举，但也分鲜香类和腥臭类等。

两类都有极致之味。那天，我在微博上征求臭味之极。一会儿工夫，各味之臭，集聚而来：绍兴三臭、安徽臭鳜鱼、南京油炸臭豆腐、北京的酸臭豆汁、建业的臭豆腐、北京的臭豆腐等。说起鲜美，也是众说纷纭，但论极鲜极美，唯有阳澄湖大闸蟹。

阳澄湖大闸蟹之鲜美，早有定论。前人已述备："河蟹至十月与稻粱俱肥……掀其壳，膏腻堆积，如玉脂珀屑，团结不散，甘腴虽八珍不及。"这是张岱在他的《陶庵梦忆》集中《蟹会》篇中的话。而蟹仙李渔在他的《闲情偶寄·蟹》中说得更加明白："蟹之鲜而肥，甘而腻，白似玉而黄似金，已造色香味三者之至极，更无一物可以上之。"

农历六月，去太湖寻得童子蟹，虽也丰腴，但缺了肥腻；多的是清香，少了几许艳丽。"忙做忙，无忘食得六月黄"，这最早

食"六月黄"童子蟹的习俗，正是来自江南湖上的人家。

每年农历六月开始，江南进入蟹季。蟹农为求得秋后大闸蟹的膏黄满溢，都要象征性地捉小蟹尝尝鲜。其实，是借机看看蟹的长势。从这时起，江南正式进入了蟹季。农历六月的蟹是清香；七月童子蟹已然出落得如花似玉，气韵缠绵；九月团脐黄似金粟，粟香而甘；十月尖脐胸腾数叠，叠叠皆脂，那就是大闸蟹的盛年了。可是，大闸蟹醉人的时候还没到……

刚进冬月，北京一场大雪，让北国的人意识到冬真的来了。北京的大雪，让树木凋零，寒风驱散了候鸟，惦念大闸蟹的人，又平添了念想。

北京到苏州的高铁，真是快。过了银装素裹的冀中大平原，一转眼已到了鲁南。绿油油的冬小麦，已蹿出一截。地上湿漉漉的，鲁南的地气使曼妙的雪花化作雨露，滋润越冬的小麦。一畦畦的绿色，锐得养眼。拼成一方方的块，疾速闪过。黄色的长江水，在逆光下，好似照相机收小了光圈，点点的光闪着芒刺。

这时，眼前已是一派江南景象。芦花放，岸柳成行，成熟的晚稻，低垂着头，黄灿灿地拥在一起。这是一派蟹的景色，催着你和这天地间鲜美的尤物邂逅。在这景色下，你才体会到李渔"梅花早开、秋菊快芳"的心境。

品蟹当然要到江南，更以苏州为佳。这两年，苏州饮食协会的华永根会长携苏州烹饪大师工作室和得月楼饭庄三方联手，将苏帮菜治理得有声有色。我已几次品尝过，或在苏州烹饪大师工作室的四季之宴，或在得月楼饭庄的烹饪雅集。此次，"菊花蟹宴"让我充满了期待。

餐桌上，此次"菊花蟹宴"的菜单，犹如昆曲的开篇，有韵有味地抓挠着你，越听越想，越看越急。

一、冷碟
香醉湖蟹　菊花围碟　韭菜拥剑　香炸蟹鲜　菊花对蟹

二、热菜
孔雀虾蟹　雪花蟹合　蟹粉鸭掌　吴中糖蟹　翡翠蟹糊　大甲清汤
阳澄湖大闸蟹

三、主食
蟹粉两面黄

四、甜品
菊花红糖汤

菊花围碟由 8 款冷碟组成，烘托着冷碟中的主角"香醉湖蟹"。香醉湖蟹就像《千金记》里的项羽起霸，拉开"菊花蟹宴"的帷幕。陈年花雕将蟹腌醉得迷人，大家伴着醉蟹而醉。眼前，霸王一个亮相，拉云手，踢腿，再一个弓步，整袖，正冠，紧甲……一整套的起霸程式，从容不迫，把一个威武大将心中的辽阔、悲壮、沉雄、勇武全部传递出来。舞台虽小，却气势如虹，这就是写意。

而围碟中的"蟹膏冻儿"，则如琵琶的淡淡忧伤，将人带入缠绵悱恻、欲说还休的境界。我第一次品尝蟹膏冻儿，相形之下，它充其量是"香醉湖蟹"的丫鬟春香。然而入得口来，蟹膏冻儿迷人的意蕴却反客为主，担纲着《游园》《惊梦》……我就这样一步一步被牵引，沉醉在意境里欲罢不能。

当"孔雀虾蟹"上桌时，神儿仿佛被定住一般。一个硕大的长腰盘中，一只开屏的孔雀，托围着亮晶晶饱满的湖虾仁。它分明被黄灿灿的金和白莹莹的玉包裹着，盘底沁出的橘红蟹油，是秋江中的落日余晖。金色的蟹黄和玉色的膏，炫目迷情。

这就是"孔雀虾蟹"，但我还是将它称为"秃黄油炒湖虾仁"。虾仁本爽嫩，秃黄油则腻香。一个清新委婉，一个糇笃香满，所谓"有味者使其出，无味者使其入"。我从这道菜中看出了"缠绵"，这"缠绵"精彩诠释着中国菜"有味类"食材和"无味类"食材的关系。

江南吴中之水韵，孕育出苏绣、昆曲、苏菜……华美、精致、细腻、委婉、圆润、娟秀、缠绵。简单说，则为"至情至性"。苏菜的品行，大多被赋予了此类个性。

这些年，苏菜在全国烹饪大赛上，多以菜品之精细成为行业翘楚。尤以冷菜拼盘的刀工精致、刀法细腻，让人叹为观止。我们常说，苏州人讲话的语气轻柔为"吴侬软语"，这正是江南水韵晕染出的性情。这种"水磨工夫"，将苏菜的精美推向极致。

俞平伯先生曾经解释过，昆曲"轻柔而婉转"的"水磨腔"是什么意思。他以南派红木家具制作做比喻：南派红木家具制作的最后一道工序是打磨——追求"极其细腻、婉转、清雅"的品性。这种品性来自所谓的"调用水磨"，就是要用水草蘸水细细打磨，将红木的质地打磨得极其细腻、温润。

大闸蟹之鲜美，被李渔誉为"色香味"之首，无出其右者。九月团脐十月尖，单以一只蟹的鲜美，足以将其与法国黑鱼子、鹅肝、蓝龙虾和意大利的白松露相媲美。就如同莫言先生获得诺贝尔文学奖，高密人足以自豪天下一样。苏州人有了阳澄湖大闸蟹，就此可打住——但苏州人偏不，而是将"蟹宴"进行到底了。

那天的"菊花蟹宴"，大菜小菜穿插呈现，酸味甜味，起伏跌宕。菜过五味，众人期待蟹季高潮的出现："三秃"，即蟹膏、蟹黄炒鲃鱼肝。残荷时节，秋风乍起，太湖的鲃鱼肝，极其肥嫩。苏州人将其"三秃"集于一味，够奢华，够奢靡，够奢侈，也足见其"水磨工夫"了得。

李渔吃蟹，终其一生，被冠以"蟹仙"名。他体悟的是"蟹之鲜……已造色香味三者之至极，更无一物可以上之"。

李渔的《霜雾连朝，菊残蟹毙，不胜怅惘，赋此解嘲》云：

"嗜蟹因仇雾，怜花复怒霜。无穷好事为天荒，一度掷秋光。造物将侬负，还令造物偿。急开梅蕊续秋芳，不许蛰无肠。"因嗜蟹而仇雾怒霜，因蟹毙而向造物主索赔，因爱蟹而责令梅花早开、秋菊快芳。寒冬慢至，不准天荒螃蟹，不许蛰居螃蟹。

李渔品蟹而得"仙"，恰是因其品蟹之"意蕴"而成。人的一生一世，确要有一番真心挚情，更要相信至情至性。

糅合了人生情感的云南菜

云南是让人做梦的地方。朋友熊丽一说起丽江，眼里总是泛起温情。

一天，我们终于跟着她去了丽江。确实，走进四方街，就有种情绪在弥漫。我们在小旅馆的院子里坐下来，喝着大扎青柠檬叶香茅水。阳光透过，青青原上草般，浅而柔。

院角处，几棵海棠树，花儿正嫣。第一次见，问了服务员小妹，说是三角海棠。小妹说着，端给我们一碗鸡豆粉：碗里飘着一层红油，浸在油里的香葱，油亮油亮的，诱着你的口水。吃一口，口感极佳，细腻爽滑，辣而香。

服务员小妹见我们吃得过瘾，见怪不怪地说，古城里大街小巷都有的卖。这粉儿，是丽江土生土长的鸡豆做的，产量不高，都是自己家做了吃。凉吃可拌酸醋、酱油、葱花和蒜麻油，夏天消暑开胃；热吃可用锅煎了两面黄，放上韭菜、香菜，可好吃了。

从丽江往北近8公里，是束河古镇。在那里，我结识了一位纳西族兄弟，叫白志远。那年我去束河时，他才25岁，黑黑的脸

186

回不去的地方叫故乡，到
不了的地方叫远方，多少
人就这样一直在路上……

庞透着刚毅，眸子黑又亮。当年的束河，还没有被开发出来，游客较少。那里也有绕过每家门前的小水沟，流水干净极了。从相机里看去，偏振镜滤掉反光，鱼儿就像在空中游动，触手可及。

比起丽江，这里清幽了许多。一位纳西族老人双手背着，缓缓走在石板路上。阳光洒下来，老人沐浴在一片金色里，头发勾勒出一圈金黄。白志远给我讲束河的点点滴滴，他说，那个老人的装束是典型的纳西族服饰，配上自己打造的丽银饰品，古朴祥和，纳西族老人都爱穿。

大坝子上，立着很多黝黑的木方子，被风雨侵蚀过，上面有很多圆孔。白志远让我们猜这是什么，大家有的猜是废弃的梯子，有的猜是不是和宗教有关。他指着远处一个架子说，那是晾青稞用的。在青龙桥边，三条静静流淌的河，从远处汇聚而来。白志远问我，青龙桥像不像绳子将它们捆扎于此？由此，我知道了束河的来历。

那天晚上，在一个老院子里，白志远精心叫了几道菜。有炒火腿干巴菌，干巴菌像极了腌牛肉的干巴香，真是上口，越嚼越香。还有佤乡辣子鱼，白志远自豪地说，这是这家店里一位佤族厨师的拿手菜。鲜嫩的鱼肉与云南特有的小米椒搭配，汤味清鲜，醇厚透辣。一个菜，足以让你见识佤族人的性格，性情刚烈霸道，但不失热情。

就着腊排骨火锅，平时不怎么喝酒的我，喝得脑袋有点晕。白志远大口喝酒，大口吃肉，吃到兴头起，脱去上衣，露出厚实的胸肌。他将长发扎起，明亮的双眼，射出一道锐利的光。随后他走到院子中央，一个鹞子翻身，一套拳打将下来，气定神闲，好一个威武小生。

第二天见面，我们说起昨晚他的威猛和豪放，他腼腆的脸泛起红晕，摇摇头，连声说着"不好意思"。几天下来，我和白志远已是兄弟相称了。临走的那一天，在他家里，大家以茶代酒。老茶汤酽红如紫，醇厚的香气久久化不开。透过后窗看去，云雾像一层薄纱。阳光照在玉龙雪山上，金黄色的光芒，温暖自在。云南是一个这样温暖的地方。

丽江、束河、香格里拉，充满美丽的色彩。洒满了阳光，让你感受温暖，感受爱。云南更是让人奋力行走的地方，走过金沙江大拐弯，越过虎跳峡，才算真正去过云南。

那年，我和几个朋友，仗着年轻体壮和当架子工练出来的胆儿，徒步走了一趟中虎跳峡。那真是心惊胆战的一次冒险。崖壁大多是八九十度的陡坡，说是路，只不过是用斧砍出来的痕迹，宽不过一脚；人贴着崖壁，目不斜视，一步一挪，终于挪到缓坡，这时才发现汗水湿透了全身。是累出的热汗还是吓出的冷汗？都有吧。

中虎跳峡的绝美景色，无法用"金沙水拍云崖暖"来形容。回望来路，你激情澎湃。剩下的路，虽也蜿蜒崎岖，但已好似平坦路途。山下的饭馆，真是简陋，牛粪和松枝烧着锅灶。饭菜却如此可口：米饭虽糙，但香甜；鱼汤虽清，但味厚。窗外，雪山近在眼前，白云就在你的头顶。快乐和幸福，就像天空一样，离你如此之近。

在北京，我爱去三里屯的"一坐一忘"丽江主题餐厅。尤其是在午后，那杯清纯的青柠檬香茅草水，更是清雅，让你净心。在餐厅一进门的墙上有句话——回不去的地方叫故乡，到不了的地方叫远方，多少人就这样一直在路上……

一个餐馆有了这样一句话，就像一个人，有了性情。而那些菜，就是他的故事。我爱吃那里的"傈僳族漆油鸡"，还有"彝家牛肉凉片"，口感清凉，吃着很有"咬劲儿"。更爱"云腿月饼"，那是将云腿精肉切成细丁，用蜂蜜拌成馅儿，外包麦面，却全然没有一般月饼的油腻……在北京这个地界品吃这些菜，质朴却又带有几分时尚和妩媚。阳光洒在身上，暖暖的，和在束河小院里一样。

刚开始吃云南菜，只因它没入八大菜系，总觉其小，味道不过农家罢了。菜无非是茉莉花炒鸡蛋、汽锅鸡、云南米线、乳扇、云腿……走进云南，细细看、细细品，你会觉得那里的山水，是那么的可人，是那么的温情和细腻，美得是那样脱俗。那里的味道，是那样清新质朴，那样神秘诱人。大山的气度和风韵，让你迷恋，让你流连忘返。这时再吃云南菜，会觉得它已糅合了人生情感，五味杂陈，是人生之旅的味道。

東西窯

"纵使我已经 85 岁了，我还不想退休，这就是我的感觉。"

寿司之神神不神

一部叫《寿司之神》的影片，让中国的美食达人和餐饮业人士对主人公小野二郎精进的寿司手艺无比钦佩。坊间演绎到最后，小野二郎的寿司已是无与伦比的美味。小野二郎作为一个厨师，能有"寿司之神"的名号，他是如何做到的呢？

用影片里美食家的话：他所做的寿司都很简单，看似没有花多少工夫在上面，然而世界各地的名厨吃过小野二郎的寿司后都会惊叹，这么简单的东西，味道怎会如此有深度？若要以一句话形容小野二郎的寿司，那就是"极简的精粹"。

"极简的精粹"是什么？听听小野二郎是如何说："一旦你决定好职业，你必须全心投入工作之中，你必须爱自己的工作，千万不要有怨言，你必须穷尽一生磨炼技能，这就是成功的秘诀，也是让人家敬重的关键。"

他说："我只想做出更美味的寿司。我一直重复同样的事情以求精进，所以我总是能够有所进步，我会继续向上努力达到巅峰，但没人知道巅峰在哪儿。即使到了我这年纪，工作了数十年，我依然不认为自己已臻至善，但我每天仍然感到欣喜，我就是爱捏寿司，这就是职人的精神。"

没有人比小野二郎更热爱这份工作："至于什么时候要退休，离开一辈子打拼的工作，我想说的是我从来不曾厌恶这份工作，一生投身其中，纵使我已经85岁了，我还不想退休，这就是我的感觉。"

小野二郎也谈到了他成功的原因："我们并不想拒人千里之外，我们使用的技术并非不传之秘，我们只是每天不断重复地努力。有些人生来便具有天赋，有些人有敏感的味觉和嗅觉，这就是所谓的天赋。在这一行里，只要够认真，手艺便会熟练，但若想成名立万，便需要天赋，剩下就看你有的努力。"

他认为对厨师而言，味觉很重要："为了做出美味的食物，你必须吃美味的食物。因为食材的品质固然重要，但必须锻炼出能分辨好坏的舌头，没有好的味觉做不出好的食物，假如你的味觉比顾客差，你要如何打动他们？"

小野二郎是最老的米其林三星厨师了，这已经列入吉尼斯世界纪录。80多岁，没人像他一样日夜操劳。日本政府颁给小野二郎"现代名工"奖。在日本，像小野二郎一样，一辈子做寿司的师傅有的是。在北海道小樽，有一家名叫"政寿司"的寿司店，整整做了75年，已经传了3代。现在店里的大师傅名字叫"松谷"，在工作台前整整站了40年，也已经捏了40年寿司，腿都站圈了。

　　松谷师傅幽默健谈，这一点和小野二郎大有不同。他一边娴熟地捏着寿司，一边和我们聊着天。不时提醒我们，将他做好的寿司快快吃掉。他特别强调说，他捏出来的寿司是有生命的，一定要在米饭还有热度时吃掉。这时的寿司，才具有最好的味道，就像花儿开得最茂盛时，矫情、艳丽。

　　说得兴奋，他给我们表演起来。应该先放倒、翻腕、使鱼片蘸上酱油，这样米饭不会松散，然后整只放入口中。只是松谷师傅神情好似有点严肃。

　　如果没有占尽天时、地利，原材料极端新鲜之利，日本料理可能什么都不是。在人们看来，日本师傅娴熟的技巧，近乎神作。但我对寿司倒没那么推崇，我认为，最值得赞美的，应该是他们的敬业和对工作的执着。单从技术角度说，一个师傅几年、十几年、几十年做一件事，不能做到庖丁解牛之境界，应该划归白痴之列。

　　中国这些年，经济发展很快，餐厅如雨后春笋般发展起来。有的企业是连锁经营，使得一些小师傅才工作几年就成为连锁企业的总厨，早早脱离了技术岗位。有些厨师，恨不得刚出徒，就成大师了。

　　日本厨师是雇佣制，一个厨师在一个岗位上，挣的是这个岗位的薪水，脱离业务岗位，老板就要将你解雇了。不同国家，厨师的发展道路有巨大差别，所以，神与不神之间，只隔着一层态度。

红醋栗和绿草莓

Noma：不好吃却成功营销

现在是北京时间 2014 年 7 月 11 日早上 6 点整。我在从法兰克福回北京的班机上，四周黑漆漆的，班机上的人都在各自的梦里。我浑身燥热，辗转反侧睡不着。有时差的关系，但更多的是因为这次参加了第 36 届世界厨师大会。我参观考察了三家挪威海产局推荐的挪威餐厅，以及今年世界排名第一的餐厅——丹麦的"Noma"。

我觉得，中餐在味道和刀功技巧上要比西餐深远得多。但是对于呈现方式和烹饪时间的精准、调料的计量，中餐又要落后很多。

说得准确点，中餐落后的是观念——不断和时代同步发展的观念。这观念使西餐的艺术烹饪大大超越了中餐所谓的"色香味形"，集中体现为烹饪艺术。有人说，中餐的象形拼盘，不是栩栩如生的艺术吗？是的，中餐拼盘的栩栩如生，是任何一个国家的厨师都比不过的。但就是这象形拼盘使中餐误入歧途。中国厨师太过于故步自封，相信这就是烹饪唯一的艺术形式，最终在世界烹饪艺术潮流中被远远地甩在了后边。

你不信吗？好吧，我们先来看看我在Noma餐厅拍到的图片。

看了这些图片，你的想法是啥？很漂亮，对吧？是的，很漂亮。但是，我告诉你，这些菜，不好吃。再沉静下来，仔细想想，除了不好吃，没有一道菜能够让我吃了这道还能想起上一道来。

所谓世界排名第一的餐厅有这样的介绍："厨师们在这里研究新式做法，发挥他们的技艺，希望有朝一日可以在餐饮界做出更多突破和创新。Noma让世界各地的烹饪人才趋之若鹜，蜂拥而至的还有一拨一拨的富人，他们只为一尝这新概念的北欧美食。"

但他们品尝到的，好吃吗？我以为，看到的，只是玩炫。但这个玩炫最要餐厅的命，斗牛犬餐厅已是前车之鉴。道理只有一个：泡泡上的炫彩和迷幻，只存在于玩这个游戏的人一下接一下地吹。当人们吹累了，那泡泡上的炫彩和迷幻，也就是一股子水，还是不能喝的涩涩的水。

餐饮创新，何其难也！不断创新要有无尽的创意，要有深厚的烹饪功底、文化修养以及开阔的视野和见识，最终还要有灵感的融会贯通。

近几年来，一些世界顶级餐馆又时兴起"从田野到餐桌"。由于Noma的主厨Rene Redzepi寻找野生食材的示范作用，一些顶级餐厅干脆将食物"Noma"化，并使之成为自己着力打造的主题，并预言这将成为今后高档餐厅的标志。

Noma在丹麦语中是"北欧"和"食物"的意思。Rene

Redzepi 将位于哥本哈根克里斯汀港的 200 多年前北大西洋式的建筑命名为"Noma"。确实有一些"维京海盗""野"的味道：Noma 基本上没有装修，确切讲是有意保留着这栋建筑粗犷的风格，房子里的房梁就裸露着，任由时间腐蚀；而白墙则像泥瓦匠小学徒粉刷的手艺。但房子里的摆设和橡木家具，陶瓷和椅子上的皮革，却透出浓浓的北欧古朴、典雅的风格。

这些粗犷的味道，正是典型"丹麦设计"的刻意打造。这就是 Noma "野"的灵魂所在。而 Rene Redzepi 更是十分赞成原材料"从田野到餐桌"，在餐桌上表现田野间原始的味道。Rene Redzepi 说，"野"在 Noma 已经不再是一间餐厅、一个厨师、一道佳肴，它慢慢成为一种文化，引领北欧传统美食的新路向。

Rene Redzepi 曾经在西班牙分子厨艺老大 Ferran Adrià 的斗牛犬（El Bulli）餐厅学习和工作了很长时间。他继承了他的老师 Ferran Adrià 的衣钵，将 Ferran Adrià 厨艺中精致、离奇、极端带到了 Noma，并且有过之而无不及。

在我们品鉴的这一餐中：有非洲草原上的酸蚂蚁，有从海岸岩石上抠下来的苔藓，蜜蜂的房子——蜂蜡，海滩上的野玫瑰花，当然还有早就听说过的野葱、野蒜等。这就是 Rene Redzepi 的烹饪理念——代表着食材选择、烹饪理念和餐厅设计三位一体的餐饮最高境界。

餐饮的最高境界是这样吗？我不大认可。因为排除了"味道"这个最基本要求。问题就出在这里，这是命题出了问题，好与不好，全在于你的设定。你设定的标准里，没有美味，那你的出品就可以忽略带给消费者最基本的需求——"美味"。

我想，不管是 Ferran Adriá 还是 Rene Redzepi，不管是 El Bulli 或 Noma，他们所有的作为不会超出作为一个厨师出名，为自己在世界烹饪史上能留名的努力；但我更认为，他们的作为已经不是一个厨师追求美味的努力，更应该划入市场营销学的范畴。如果从市场营销的角度看，一切都说得通。

市场营销就是讲一个故事给你听，这个故事可以幻化出不同的版本，也可以有不同的风格。老年人吃他的菜，会觉得这世界越来越看不懂，原来菜可以这样吃，过去路边的、树林子里的野草、野菜、蚂蚁、蚯蚓，驴子、马、野生动物吃的东西，可以成为今天餐桌上的食材，这些食材还要卖出高价；小孩子在餐厅里可以感受离奇，感受荒诞不经，吃的饭好像是未来世界里蝙蝠侠、变形金刚们吃的饭；吃货们（肯定不是美食家）来，又会觉得不可思议的美还是不美的妙，至于真的美与不美，吃货们都不敢轻易去表达自己的看法；厨师们去膜拜，去窥视，感到不可思议，原来菜可以这样做。

Rene Redzepi 取代 Ferran Adriá 成为新厨王。老厨王、新厨王都要有一套新的法则昭告天下；老厨王的法则是"分子厨艺"，新厨王的法则就是"寻找食材的歇斯底里"。他们宣示一个新王朝的法典，却在称王的过程中丢弃了厨师的灵魂——菜品的美味。

甘蓝和西班牙山萝卜

花挞

牛肉塔塔酱和蚂蚁

论味道，我更崇敬印度的咖喱：几十种香料，可以做到主次分明，让世界上大多数人陶醉其中。论技艺，我赞美日本厨师：一个人可以几十年握一个寿司，将简单做成极致。对此，老厨王有一句名言"我只做给喜欢我的人"，这是一种自嘲，更是一种无奈。

据我判断，继 El Bulli 之后，Noma 将会是下一个被美食家推向关门停业的餐厅。对于他们来说，捧或者杀这些钻牛角尖继而菜不惊人死不休的餐厅，只是在向世人炫耀自己见多识广和无上学识，成就自己的江湖地位。

厨师和美食家，总是一个愿打一个愿挨。厨师要出名，离不开美食家的美化和捧场。厨师的进步，在很大程度上也离不开美食家的指点。相对于厨师在封闭的厨房里闭门造车，美食家们视野更开阔，见识更广博，最重要的是，他们更知道消费者的口味。也更知道餐盘里除了美味之外，食客更希望得到什么。如果一个厨师遇到一个指点美味、激扬心灵的美食家，那是幸事。

如果美食家激发出的是偏执的厨师，钻了中看不中吃的牛角尖，这个厨师的命运最终会是什么？

关于这个命题，清朝龚自珍有一篇《病梅馆记》，他是这样说的，"或曰：'梅以曲为美，直则无姿；以欹为美，正则无景；以疏为美，密则无态。'固也。此文人画士，心知其意，未可明诏大号以绳天下之梅也；又不可以使天下之民，斫直、删密、锄正，以夭梅病梅为业以求钱也。梅之欹之疏之曲，又非蠢蠢求钱之民能以其智力为也。有以文人画士孤癖之隐明告鬻梅者，斫其正，养其旁条，删其密，夭其稚枝，锄其直，遏其生气，以求重价，而江浙之梅皆病。文人画士之祸之烈至此哉！"这里我没有诽谤美食家的意思。因为，以病梅为美，非文人画士之责之力，同梅皆病者，社会风气也。

虽然说，这些餐厅的新、奇、特可以吸引部分消费者的眼球，一时间得到一些人的青睐，但并不能说明他们的市场营销是成功的。因为市场营销成功的标志，是培养顾客的忠诚度，也就是回头客。说白了，就是因为好吃，让消费者念念不忘，几天不吃，馋得难受；一段时间不吃，想得难受；很长时间不吃，愁得难受。

所以，我心目中好餐厅的标准，是味美、环境优雅、有创意。当然还有其他，如服务、配酒等。

我对 Noma 的看法，源于我心目中好餐厅的标准和我这些年对消费心理学的研究，以及作为一个厨师对出品创意的追求。

最后，说说我心目中最好的中餐厅应该是啥样子，套用上述好餐厅的标准。

(1) 味美：这个味美一定是合乎天时的好食材，有传承的招牌名菜的合理、美妙组合。

(2) 环境优雅：这里首先是雅，中华传统文化的雅，最高境界是禅意，能将禅意和餐厅的主题相结合，一定是优。

(3) 有创意：这点最难，创意是厨师综合素养的表达。

创意里包含传统名菜的一切完美元素，如上已经讲过的好食

材、好味道、好刀功，当然一定要有现代时尚元素，更要有制作
技巧。制作技巧很难，它要将上述的这些要素巧妙组合在一起。
讲味道、讲质感、讲构图、讲色彩，有传统、有时尚，珠联璧合，
放在餐盘里就是一幅令人赏心悦目的名画，皿中画。

Alba 白松露之旅

自 1951 年首次被发现开始，白松露便成为世人为之迷恋的梦幻食材，它有着"只有上帝才知道的芬芳"。有人说白松露有如乌托邦，"虽然知道却描摹不出，可以察觉却无法咀嚼。虽然靠近，却抓不住它的精魂。"

松露对生长环境非常挑剔，只要阳光、水量或土壤的酸碱值稍有变化，就无法生长。这也是松露如此稀有的缘故。世界上品质最好的松露，是产自意大利阿尔巴（Alba）的白松露［白松露中的佼佼者只能在意大利的皮埃蒙特（Piemonte）地区找到，尤其是阿尔巴镇的附近］，一公斤曾叫价 3.5 万美元。白松露只于每年的 10 月中到 12 月底生长。

11 月的深秋，我踏上了白松露品鉴之旅。在意大利白松露的著名产地皮埃蒙特地区的阿尔巴小镇，我第一次邂逅了素有白色钻石之称的白松露。

意大利西北部，位于波河上游谷地的皮埃蒙特大区，为阿尔卑斯山脉所环绕。11 月，秋色浓烈，天高星璨，空气中飘着成熟

世界上品质最好的松露，产自意大利阿尔巴

的味道。阿尔巴小镇的夜晚静谧安和，灯色昏黄。在一条小巷子里，突然传来一阵奇异的香，妖娆馥郁。有一瞬间，我神志恍惚，什么都忘了，只是想，自己离白松露越来越近了。

这便是我此行的第一站：阿尔巴小镇一家著名的餐厅，以白松露为招牌。白松露，白松露，我已经离你如此之近。我似乎已经感受到，烹饪皇冠的这颗明珠，在幽暗的深夜中，透过深埋的地层，耀眼而不炫目。我一边默念着"天堂的味道"，一边磕磕绊绊地走着……

餐厅里，白松露被白色餐巾包着，小土豆一般，摆放在面包篮里，其貌不扬。金发碧眼的女厨师，用松露刀轻轻几下，有着大理石般美丽花纹的灰白色薄片，翩然落在头盘中。顿时，房间里弥漫出奇异的香。白松露片送入口中，柔软芬芳，异香扑鼻。再品，香味却又消失无踪。想必凛冽的香气早已让嗅觉、味觉罢工了。

而后，是有着明显季节色彩的奶油南瓜汤：汤色金黄，浓稠而烫口，汤面上浮着一圈榛子仁碎和熏鹅肝粒，蒸腾出像木匠刨出的木花香味，新鲜而浓郁。漂亮的女厨师再次登场，从松露刀中滑出的白松露屑，薄如蝉翼，在热烫的汤气中摇摆——有大蒜的荤香，又有煤油的气息，透过这几层气息，味道深处则是菌覃的暗香。

这种感觉相当特殊，即使是相当的微弱，你也能搜寻到它的存在。这种暗香，有如魔幻，那样飘忽不定，令你迷离，让你难以把握，无法形容。当你确定感受到时，你感受的却不是最真实的存在。嗅觉与味觉，这时都是这样的苍白。

"这是上帝才知道的芬芳。白松露不用加热，只要将它撒在最基本简单的菜肴上，就能享受这种奇妙。越是简单的味道，它的味道越是凸显；即使是复合味道，有了白松露，所有的味道都要臣服下来，仿佛上天生成所有的味道都是为了跪拜它，这个味道之王。"

很快，在意大利菠菜饺中，我更深层地体会到了，大厨在谈论白松露时那种神圣表情背后的意思。这一味菜式，滋味更加清淡，饺子里含有菠菜和一整个鲜嫩蛋黄，轻轻将它切开，金黄色蛋液流出，迅速撒上白松露屑……在称得上寡淡的滋味当中，却能感受到品尝过腥鲜食物之后口腔里遗留下的那股味道，也许掺杂了点金属味，也许是海腥，也许还有点鲜甜。

这种感觉太奇妙了，仿佛是时下流行的分子烹饪，你未曾真正咀嚼到什么，却把味道和感受留了下来。怪不得这珍稀食物每磅售价在800～1500美元，确实物有所值，吃过才能真正明白。而那种齿颊留香的感觉，始终留在味觉记忆里面镌刻最深的那一页。

尝过松露美味，怎能不亲自参与寻找松露？阿尔巴位于皮埃蒙特中南部的朗格（Langhe）绵延不绝的丘陵地区，北部的阿尔卑斯山脉自西向东横亘在天边。山脉的脉冠常年积雪，在秋日深邃的蓝天中，白得纯净。而从这纯净的白色延伸过来的秋色，却

尝过松露美味，怎能不亲自参与寻找松露？

真是五彩斑斓。绵延起伏的丘陵，将这斑斓颠簸得更加立体。

凌晨 3 点，我们在松露佬（当地对松露猎人的称谓）的带领下乘车，经过 40 分钟的车程，进入了朗格丘陵山区。下车沿着崎岖的山路进入了橡树林。带领我们的松露猎人已年过八旬，却仍精神矍铄。他带着猎犬 Kinmo，健步如飞。白松露只生长在橡树、杉树根部附近深邃的泥土里，只有血统纯正、经过专业训练的猎犬，才能嗅到来自地下的异香，会用嘴掘地。此时松露猎人眼明手快，立刻转移猎犬的注意，用其他食物把它引开，自己继续挖掘，方能获得这珍贵的松露。

寻罢松露，还有一件事情非做不可，那便是去拜访位于 Pertinace 广场的白松露商店 Tartufi Morra。这家由 Giacomo Morra 创立的松露商店让松露闻名全球，每年举行的白松露节就是由他发起的。20 世纪五六十年代，白松露王被聪明的 Morra 作为礼物赠送给全世界赫赫有名的梦露、希区柯克、帕瓦罗蒂和戈尔巴乔夫。

明星的软性推广让白松露身价倍增，白松露一下跃升为顶级的国际食材。

壬生的怀石料理

东京有一家叫"壬生"的餐馆，它的老板兼总厨师长是石田广义。西班牙分子厨艺老大 Feran Adriá 曾在一次表演过程中多次热捧石田广义先生。Feran Adriá 的创作过程，受过石田广义的影响和启发，如温泉鸡蛋、冷热对比的理念等。

这确实勾起我前往探寻的念头，但那天中午是一个大会的闭幕式，如何走得开？我把这矛盾的想法告诉了结城摄子。她略想了一下，说："去'壬生'比开闭幕会重要！"这让我如释重负。她把去"壬生"品赏看得比开闭幕式还重要，可见这个"壬生"不简单。

结城摄子是一个很干练的女人，据说一开始她并不看好中餐，但在一些日本朋友的极力推荐下，抱着试试看的心情考察了大董烤鸭店，结果一下子就迷上了大董充满意境的菜品。

"壬生"离我们住的帝国酒店不远。我们到达时，透过汽车窗看到石田广义先生已等候在门口，原来今天是特意为我安排的一顿午宴。

"壬生"的欢迎仪式很有个性——女主人要拉着你的手步入餐厅。说实话，到此时我真没看出，"壬生"让结城摄子一再推荐的理由——它处在银座大街旁边一幢小楼里的一个小门内，狭窄的楼梯，餐厅就是一个只能紧巴巴容下8人的一个小房间，仅此而已。

坐定，环顾四周：桌上摆放着两枝粗芯、冒着黑烟、呛人的蜡烛，墙角处种着一棵腊梅（也好像是插花），餐厅的门，小得只能一人弓身而入。

倒是石田广义先生的介绍，提起了我的兴致："今天请大家品尝的是京都的怀石料理。"我一直对日本的"怀石料理"抱有浓厚的兴趣，多次翻看相关资料，都是只言片语，不尽详解。

桌上放着一张本次宴会的菜单：

——雪间

——先付

——向付

——木宛

——扬

——煮

——烧

——御果子

银座壬生

按照菜单的顺序，我们一边品尝，一边听着石田广义先生和其夫人的讲解。

——雪间：今天是仲春二月的菜单。雪间是一种野草的名字。冬去春来，冰雪未尽消融，那嫩芽已感受到春的呼唤，在残雪中奋劲向上。

——先付：正式宴会前，类似小吃样的前奏。这是用河豚鱼精白煮的白粥，只放了一点点盐，白粥清香入鼻，黏滑有味。

石田夫人虔诚地说："这是用天皇种的大米煮的粥，是献给神的贡品；三月正是河豚最肥美的季节，一冬的精华储蓄其中，营养丰富……"我听着石田夫人的一番话，神情也庄严了起来。心中充满了神圣，手捧着碗久久没有放下。

——向付：在怀石料理中，生鱼片是不可缺少的一道菜品。把生鱼片放在你对面盘的方向，叫向。用冰冻纸制作的狐狸面具，放在生鱼片上，既有传统的韵味，又起到了使生鱼片鲜爽的作用。

生鱼片的垫底用的是红、白萝卜丝，红是喜气的意思。

——木宛：木宛表示宇宙的空间，汤汁则是宇宙混沌的状态，漂浮物表示水星。"木宛"在怀石料理中，和生鱼片同等重要，是最能表现季节的一道菜品。石田夫人说："品茗乌龙茶要用中国水，享用木宛一定要用日本的汤汁。这道菜是用昆布和鲣鱼干的汤汁炖煮，挖空香橙，里面盛放着煎烧的黄豆，用以驱邪避害。"尝一尝，口中充满了香橙的香鲜味和黄豆的清新。

——扬：日语作"炸"解。春天里，清澈的溪流，鱼儿欢快地游动，不时跳出水面，溅起点点浪花。鱼儿，你在欢快什么？
鱼儿说：春让我欢快！

茨菰比春笋要早一个季节上市，茨菰过后，就要品春笋的清新了。这道菜是用小白鱼和茨菰炸制而成的，小白鱼鲜嫩鲜嫩，而茨菰则有一些青涩。有一次读殳俏的文章，有一段描写的是春笋的这个味道——原来这个青涩就是鲜呀，她说。

——煮：在日本料理中，蒸、煮都归蒸类里，到三月为止，都是冬天的蔬菜，如芜菁。下个月就是春天的蔬菜了，如春笋、蕨菜等。

这道菜是蒸的鲷鱼，味汁是用蒸的芜菁（日本特有的植物，色白，似萝卜）、鲣鱼干、昆布汁与芥末、葛粉调的。日本料理，一个特点就是四季分明，菜肴的食用及制作都有严格的时间限制。

——烧：烧、烤是一类的技法。

芭蕉一年四季都有上市，而海胆则是这个季节最好。这道菜是用炭烤的芭蕉，上面放鲜海胆作调味。芭蕉的香甜与海鲜的鲜甜，夹杂着竹炭的炭火气，在口中升腾起更为醇美的气息，日暮山远。

石田先生说："这道菜用的炭竹，是日本特有的一种技法：将鲜竹叶用盐水浸渍一个晚上，取出后用干布拭去水渍，然后烧透成炭。这种炭一经烧成，就再也不会燃烧，色黑如墨。"这盆炭火中间是殷实炭红色，围绕的是竹炭的墨黑，黑红相间，明暗相交，煞是美感。这种配色是日本人独有的美学习惯。

——御果子：御用的意思，表示崇高。包括水果、甜品和抹

用冰冻纸制作的狐狸面具，放在生鱼片上，既
有传统的韵味，又起到了使生鱼片鲜爽的作用

茶。日本橘子极具清香，其鲜香味极浓，煞是沁心沁脾。

甜品上来之前，石田夫人给我们看了存在手机里的一幅图，表现的是三个公主在富士山脚下初雪中嬉戏的景象。而端上桌的甜品名字就叫"初雪"。

石田夫人一边打开这个雪球，一边嘴里发出"咔嚓咔嚓"脚踏雪地的声响。听着这个声响，你仿佛在那个雪后初霁的清晨（也可能是斜阳高照的雪后），伴随着寒冷却异常清冽的空气，与大家一起玩耍……

"初雪"是用文蛤壳盛放着的、很烫很烫的鲜葛粉。

清鲜甜润，慢慢吸吮，春的滋味就在舌间、齿间、鼻间润着。一冷一热，冷的是雪团，热的是甜葛粉；冷的是那样的冰澈，热的是那样激昂。冷热相间，激荡着五脏六腑。

怀石料理在日本料理中占据着重要的位置，接近禅宗，是茶道菜肴转化而来的一种宴会形式。石田夫人最后告诉我，日本的很多东西都源自中国，如烹饪的方法、烹饪的四季当令……唐朝时，日本派了很多的遣唐使去中国学习，现在日本还在不断学习世界先进的烹饪术。

"壬生"按照日本的历史和文化传统经营，由店方决定客人何时品餐，品尝的内容客人无权更改，由店方根据天时和季节及生产决定。

现在的人们追求精神生活的丰富，历史的、文化的、传统的独特性是日本料理的精髓……我沉思。

国内国外有"一腿"

从厨二十多年来，我对西餐一直是看不起的。在我的认知里，西餐和中餐相比：烹饪原料品种少，烹饪技法单一，口味不如中餐丰富。

多年前，西班牙一位名厨来北京和我交流，每晚我都带他去我认为好的餐厅品尝。几天下来，人就混得厮熟。有时，看着他吃得忘乎所以，我不无揶揄地说："你们欧洲人可能什么都好，但是在品尝美食这一点上，是很痛苦的事——因为除了牛排、黄油，好像再也没有什么可吃的了。你看看纽约的大胖子，就是你们快餐文化造成的结果。"每当这时，他总是耸耸肩，一副无奈的样子，嘴上咕噜一句"Jamou"，发音如汉语"哈梦"。

这几年，和国外的同行交流越来越频繁。东去日本，西去法国、西班牙，对国外烹饪的认识也越来越深刻。有一年应邀去西班牙参加美食交流活动，开始注意到西班牙的分子厨艺在欧洲的影响，以及西班牙传统美食的美妙。

谈起西班牙，大多数人会说起西班牙的海鲜饭——略带夹生

西班牙火腿，西班牙人挂在嘴边的 "Jamou"

的米饭质感、清爽的橄榄油香、黄艳的色泽。但是，最让我震撼的，还是西班牙火腿。

好吃的猪肉菜我吃过不少，如红烧的金华两头乌大排。那是曾经所经历的美食之旅，去杭州参加一个全国性的烹饪比赛。杭州的朋友说："杭州的美食你几乎都吃遍了，这一次我们去金华吧。"我好像在行一样抢先说："是品尝金华火腿吗？"朋友瞥了我一眼说："我只说了一半，是去东阳。去东阳的上蒋吃两头乌（中国特有猪种，因全身通白，头、尾黑而得名）。"

是的，在上蒋，我们吃到了最正宗的用两头乌红烧的肉排：肉切得方方正正，加酱油、绍酒、冰糖，煮得极软嫩，颤颤巍巍，红红彤彤，光光亮亮，晶莹剔透。一口下去——切不可用牙齿，那是累赘。只是一抿，那肉已是溶化在口中了，一种快感从喉底油然而生。

太美了。但如果我告诉你，有比这更好吃的，而且还是生猪肉，你会瞠目结舌吗？

我每一次面对西班牙火腿时——确切地说，是"橡树子黑蹄猪伊比利亚火腿"——绝对不亚于听到一个天方夜谭的故事。对于一个饮食习惯一直是熟猪肉的人来说，食生猪肉对于他来讲绝对是不可思议的。他面对生猪肉该如何下咽呢？

我应邀去西班牙萨拉戈萨交流厨艺时，闲暇之余，西班牙大叔——一位衣着朴素、满脸灰白络腮胡须、脸上常常泛着油光、说话打着嘟噜的旅游官员——胡安，他非常和蔼可亲——带着

大董开发的菜品——秋色·伊比利亚火腿

我去看，确切说是去尝，他经常挂在嘴边的"Jamou"，中文音"哈梦"。

在安达鲁西亚自治区的伊布果村（Jabugo），此地大约在西班牙的西南部，但还不到海岸的地方，是地中海的迎风面，空气清冽流动，山区有浓密的橡树林——这就是伊比利亚火腿最著名的产区。

初看西班牙火腿，说实话，和中国的金华火腿并无二致——油腻腻的、生生的。

那天，我们品尝的是一只已经开了刀的火腿，就是已经切开外面，但还连着皮的发酵层（但不切片时，外面的发酵层还需覆盖其上，吃时再打开）。胡安对着一个小伙子说出一个"Jamou"，那个小伙子麻利地翻开盖在火腿上的发酵层，顿时，一股清香直冲喉底，口中津液充盈齿间。

西班牙火腿吃起来极其简单，就是切下来直接放入口中，无须再进行任何烹饪，无须放入任何调味，但是一定要注意切片的刀法。因为吃的毕竟是生猪肉，若切成厚片，肯定嚼不烂。所以吃火腿一定要切得尽可能的薄。火腿切得薄或厚只需看切割者的动作就知道了。

那天的小伙子右手持刀，左右拉开，轻盈且娴熟。在他又薄又尖的刀下，虽不能说是薄如蝉翼，但也如一张纸巾薄厚的火腿片，就这样片了出来。看着晶莹剔透、色泽艳红的火腿片，你不动手吃，恐怕已经不行了。如玫瑰粉红的肌肉夹杂着大理石的脂肪纹理，有着极为浓郁的果仁香——准确地说，是一种独一无二的榛果香味。油脂部分丰腴高雅，瘦肉部分细腻润滑（曾经我多少次和朋友们谈起吃西班牙火腿，"嚼啊，嚼啊，满口的绵滑，滑的一不小心咕咚一声掉了下去，哈哈！"）它的口味咸中略甜，又夹杂着油脂的甘香和果仁味，整体层次丰富，回味绵长，那种"生"是熟透了的"生"。

回到北京以后，遍寻西班牙火腿，酒店吃到的全是意大利火腿，才知道西班牙火腿还没有出口到中国。从此那个"生"味，只是伴着满嘴的口水成为一个念想……

一天两顿大饭，

从胃里到心里，滋味涵养

一天吃了两顿大饭，中午一顿是光头师傅 Sushi Sawada 的寿司，晚上是小山裕久师傅青柳的怀石。接连两顿饭吃得很饱，或者说是被很饱，确是，从胃里到心里的，滋味涵养。

先说光头师傅 Sushi Sawada，最早他在很多家寿司店当学徒，实践学习以积累经验，勤奋、执着，对寿司有深刻理解和再精进的想法，三十四岁的时候开了自己的店。我在 2011 年到他家吃过一顿饭，那时他做自己的店已经七年了。他四十岁，正是一个有为的青年厨师，处于风华正茂的年纪。

2011 年，我从东京到京都。去了很多有特色的餐厅，现在大多忘记了。这次和"辉哥"老板洪瑞泽先生、蟹王柯伟先生相约，再去日本品鉴日本料理，我说一定要来光头师傅 Sushi Sawada 的店，光头师傅 Sushi Sawada 的寿司给我留下强烈印象：食材讲究，刀功精细，动作娴熟，专注严谨。

这些年我也见过很多日本大师傅，和他比——嗯，好吧，先和大家回忆一下 2011 年。

小山裕久自写的招牌

那年的那顿饭，没有刺身，品尝的都是寿司，一共23道。23道寿司，需要两大碗米饭。那年的那顿饭，有好多深刻的记忆，但深入骨髓的是那一碗海胆鱼子 toro 饭。

记得我先按照光头师傅 Sushi Sawada 的做法吃了一碗，然后再试一碗，按照我自己的要求，请 Sushi Sawada 师傅将 toro 烤一烤，自己觉得将 toro 烤一烤更香美。虽然都是美，但鲜美和香美，确是两个不同民族文化差异在美食上的表现。

这个味道一直留在我的嘴巴里，刻在我的心里。多少次和朋友说起日本料理，一定要说起光头师傅 Sushi Sawada。这次去光头师傅 Sushi Sawada 的店，他一眼就认出了我，而且说起上次两碗海胆鱼子 toro 饭。他微笑着说，他认为不炙烤的海胆鱼子 toro 饭，更能反映事物的本真状态。

他的表情里有一点受了委屈的样子，或是自尊的委屈。我能理解他，一个领悟食材高深绝妙的大师傅，一个已经形成自己美食世界观的大师傅，接受另一个厨师的要求，而且居然尝试了这种要求。过后，突然发现这样的尝试是对自己厨艺的挑战。这是多么痛苦的一次经历，一种莫大的刺激。

我心生感动，对一个异国同行，一个坚持不懈追求自己设定美食标准的厨师；我心生敬佩，对一个异国同行，一个不断完善自我、一直前行的厨师；我心生羡慕，一个异国同行，在实践自己目标的过程中，没有曲折。

2011年他形而上，技艺精湛，行云流水；现在他得心应手，

形神兼备，一招一式，没有多余动作，都近乎艺术。那时他踌躇
满志、意气风发，笑意写在脸上；现在他气宇轩昂、自信自得。

梵高与薰衣草红烧肉

喜欢梵高的画，是从那幅叫作《鸢尾花》的画中醒目的蓝紫色开始的，喜欢这种蓝紫色的优雅与性感，而且是那样的纯粹。

如同喜欢向日葵一样，梵高似乎也喜欢画这种植物：画面中灿烂的蓝紫色鸢尾花十分突出，它的花形恰似一群翩翩起舞的蝴蝶；作者巧妙地将它那郁郁葱葱的粉绿色叶子做了低调的处理，与远处的花草一同衬托出了鸢尾花的生动与灵性；再有地上红赤泥土的陪衬，打破了画面冷色的调子，使得色彩对比强烈且和谐，并富有律动，色调也极其明亮。整幅画面富有活力，洋溢着清新的气息。

看过梵高作品的人，无不被他那狂放的色彩、激情洋溢的笔触打动。他是用自己的生命来作画的人。面对他在探索艺术时疯狂的执着，人们无不为之感动和震撼。我喜欢梵高的画。在梵高的画作中，我第一次看到互为补色的黄色和蓝紫色，作为梵高的个性色彩，通过变换不同的冷暖调，被反复运用，去表达不同主题。其唯美程度让我陶醉。

梵高《鸢尾花》

　　我在参加法国厨师阿兰·杜卡斯的一个聚会后，终于得以去实地拜谒大师创作和生活的地方——法国南部薰衣草的天堂普罗旺斯和小镇阿尔勒。

　　初冬的普罗旺斯景致，和观赏薰衣草七八月的最佳时节大相径庭。来时，有的朋友劝告说，11月不是品赏法国南部的时节，但进入尼斯的那一刻起，法国南部的景致已让人如醉如痴。

　　阿尔勒虽已无向日葵的明黄，紫色的薰衣草也已枯萎，但都德的风车、塞南克修道院、中世纪的小村落……在深邃的蓝天下，寂静地独享着世外时光。一垄垄的薰衣草田，整齐划一地伸向远方；一排排胡杨树秋叶，从根部就将整棵树包裹住，黄得撩人。这满溢着湛蓝的基调、明快的色彩，就是冬天的普罗旺斯，也是梦幻的童话世界，更是梵高图画中的世界。

　　后来人们才知道，梵高为什么在普罗旺斯旅居期间选择阿尔勒这个城市。停留在这里的数月中，梵高发现了"另一种光"，并深深地为普罗旺斯的色彩所倾倒。在一封写给友人的信中，他说："调色板上满是色彩：天蓝、橘黄、玫瑰、朱砂、明黄、明绿、紫色以及微微泛光的深红。然后将所有的颜色混合一起，我成功地发现，一种安宁，一种协调。"

　　阿尔勒，这座法国南部小城，充满阳光。金色的麦田，蓬勃的向日葵，清新而自然的景物，让精神上原本就归属田园的梵高为之一振。向日葵的千姿百态和花朵的黄色，在湛蓝色天空的映衬下，呈现出丰富、强烈的色调。

这些乡间美景，带给梵高许多绘画主题上的灵感：麦田，盛开花朵的果园，克罗平原，罗纳河岸，阿尔勒的咖啡馆和花园……有人说，梵高画中的黄色，是画家精神世界里的主观色彩。就是梵高的精神疾病，一种狂躁症，能使患病的人不由自主地强化对黄色的感受，比常人对黄色的事物更加敏感。但我绝对相信自己的感受，那就是：普罗旺斯的色彩太强烈，对画家的刺激太大，以至于黄色成为画家作品的主色调，其精神也被刺激得癫狂了。

为了寻找这黄色，我来到了阿尔勒小镇上的"咖啡馆"。整个阿尔勒小镇，作为世界文化遗产被完整地保留了下来。沉静、悠闲的人们，享受着这里的慵懒与宁静。

那堵留有雨水流淌痕迹的黄色墙面，再现着梵高《夜晚露天咖啡座》的场景。夜晚灯火下，咖啡座的明亮黄色和蓝色星空的对比色，使得整幅画很美，洋溢着一种平和的诗意。有人说黄色是暖色调，也有人说是冷色调，我久久地凝视咖啡馆那面黄色的墙，这黄色里分明燃烧着激情……一会儿，看着这黄色你又仿佛是那样的落寞和孤寂……

梵高曾说："对我来说，晚上看来比白天更有活力，更有丰富的色彩。晚上继续作画，看天上有闪烁的星星，地面有灯光，是一幅既美又安详的作品。"

露天的咖啡座是由橘色、黄色表现的，蓝色的夜空此时是深邃的，繁星点缀在夜空中，显出夜的静谧与安详。蓝色的冷色调与咖啡座的橘、黄暖色调形成对比，一片温馨使夜晚街道上的露天咖啡座在冷落中凸显出来，与蓝色星空相映成趣，给人以浪漫的感觉。

就像梵高自己说的那样："只要到阿尔勒，你就可以找到动人的对比色——红色与绿色、蓝色与橘黄、黄绿色与淡紫色。唯有色彩能够传达那些无法比喻的感觉。"

的确，色彩的魅力在于——它能够传达人的情感。在我看来，菜品制作中，通过有目的地运用不同色泽的主辅料和汁酱，可以很好地将菜品的信息表达出来，且具有一定的张力。色彩的物理性决定了它对人的视觉影响力，在一定程度上与其他要素（味、香、形、滋、养、意）等齐，甚或大于这些要素，更具艺术感染力。

从梵高的绘画艺术中，可以学到如何强烈地运用色彩的对比效果，比如：色相对比、纯度对比、补色对比、明度对比、冷暖对比，尤其是冷暖对比，可以创造菜品的色彩韵律、色彩空间和光感……

离开阿尔勒，沿着去马赛斑驳老旧的乡间公路，我们去往夜晚的住所——阿兰·杜卡斯的乡间别墅。院子里袅袅轻烟缠暮色，我心却是"对月吟花事，和风追梦人"。

屋外是大片的薰衣草田，冬日凄冷，只剩下寒枝簇团相拥。月色碧透，丝柏如燃烧的黑色火焰般，向空中升腾；卷曲的星云似翻滚的浪花，远处的青山、蓝灰色的教堂，映衬出璀璨壮观的星夜。

如果梵高当年能有一碗"薰衣草红烧肉"
能有现在法国南部人慵懒闲适的生活，他
还会对自己下狠手吗？

　　一阵阵香气袭来，如梦似幻。寒气中，薰衣草枝散发出的，确是红烧肉的味道，细细分辨，更是冰糖的焦糖味儿和着玉般质感的肉洋溢出的肥香。急回阿兰·杜卡斯的乡间别墅，询问他的厨师能否做个"薰衣草红烧肉"。厨师马上知道了我的意思，连声说着生硬的汉语"明白"，去了厨房。

　　厨房慢慢溢出了肉的香，闭上眼睛，这种味道氤氲成了不断旋转的紫，优雅且暧昧。

　　菜端上来了，更让我惊奇的是一盘"松露紫薯汁和奶油南瓜栗子汤"，这完全就是一幅梵高《星月夜》的再现：深蓝色的天空；一些黄色的星与闪光的橘黄色的月亮形成旋涡，天空变得活跃起来。

　　这顿饭我吃得很是满足，饱了肚皮，也纪念了带给我灵感的梵高。突然想，如果梵高当年能有一碗"薰衣草红烧肉"，能有现在法国南部人慵懒闲适的生活，他还会对自己下狠手吗？

无论是《睡莲》，还是花园，如今都成了莫奈留给世人的礼物

夏天的莫奈花园

如果问我喜欢的画家，可以毫不犹豫地说，是中国的八大山人和法国的印象派画家莫奈。

应该说，大董意境菜出品的构图和色彩知识，皆来源于二位。

八大山人花鸟绘画突出的"少""廉"，笔简而意繁，启发了我菜品的构图；而莫奈绘画的色彩运用，则对我烹饪风格走向成熟颇有影响。

莫奈汲取了当时最新的色彩科学理论和色彩艺术成就。将光源色、环境色、补色、视觉混色的原理，大量地运用于写生创作中。我真正理解莫奈，还是源于那次游历莫奈花园：中午时分，一场初夏的雨不期而至……

5月，受法国名厨阿兰·杜卡斯的邀请，我前往巴黎，在埃菲尔铁塔 123 米的儒勒·凡尔纳（Le Jules Verne）餐厅，为法国各方名士呈现大董中国意境菜。然而我心中惦念的，却是位于巴黎西北 76 公里处的小镇吉维尼（Giverny）：那里是莫奈艺术成就辉煌的乐土，他建起了莫奈花园，并以花园里的睡莲为蓝本创作出《睡莲》系列。

无论是《睡莲》，还是花园，如今都成了莫奈留给世人的礼物。

吉维尼小镇充满田园气息，拥有古旧而别致的房屋，宁静而狭窄的街道——和莫奈 1883 年时见到的应没什么两样吧。

吉维尼位于艾普特河和塞纳河的交汇处，河流在村子附近形成了看似荒芜却充满生机的湿地：长满了鸢尾花、睡莲等水生植物，周遭遍开罂粟花，河岸旁则是成列的白杨。

就是这块湿地，带给了莫奈创作的灵感。

因为季节的原因，莫奈花园苹果花和樱花挂满枝头；黄水仙、紫罗兰和铁线莲则在脚下盛放。莫奈的粉红小屋湮没在花海中，成了繁花幻境里的城堡。

牵牛花姹紫、天竺葵嫣红、向日葵明黄，还有玫瑰花、金盏花等，为花园谱出优美的色彩和弦。

然而，素雅的睡莲才是夏天花园里真正的主角。

天湛蓝湛蓝的，一朵朵的白云在天空中飘荡着，无遮无挡的太阳炙热。

满园花开的绚丽多彩，已将我心里装得满满的。面对突如其来的如此美妙的景致，眼睛不够看，心不够使，已不知该从何处开始拍照了。

手里提着照相机满园乱转，这儿拍三张，那儿照五张。回放看，相机中我拍下的花园，和以往看到的莫奈油画简直不是一处景地。

莫奈的大量画作都是直接在户外写生，画家不得不用很快的速度，以迅疾而有力的笔触努力捕捉和固定不断变化的自然光线和色彩。所以这种速度使得画面看上去显得不具象、不对焦。

而今天，当我面对莫奈曾经留下大量惊世骇俗作品的写生地，为何却得不到相似的影像呢？

天慢慢阴沉了下来，一会儿，雨点儿也跟着落了下来。游园的人们大多躲进莫奈的故居，我也随着人流慢慢踱了进去。

粉色的墙，绿色的窗户，这是莫奈住了将近40年的房子，让人有隔世之感。各处都挂着莫奈各个时期的画作，就像走进一个展览馆一样。

在客厅，悬挂着一幅莫奈早期的画作《撑阳伞的女人》。我在这幅画前久久站立，已经忘却了头上还在淌着雨水。

画面偏右，站着一位撑伞的女子。画面偏左，较远处的男孩儿是她的孩子吗？这是一个晴朗的早晨，两人在草地上闲适地漫步。

整幅画只用了简单的蓝、绿、棕的色彩，给人却是一种宁静、舒适、柔和的感觉；画面偏冷的色调夹杂着几许草色的嫩黄，亲切、自然的气氛，使人好像要融入其中。色彩，色彩，这时我满脑袋全是莫奈印象画的色彩和光影……

再看这幅《圣·拉塞车站》，画面整个处于冷光之中，色彩变化统一而又丰富；机车喷出的烟，升向冬季的天空，形成蓝、紫和紫红色的和谐，整个画面显得富丽而美妙。在这幅画里，莫奈巧妙地平衡了画面的调子和色彩。

雨还在淅淅沥沥地下着，我用外套遮挡着相机，又回到花园中。刚才的一阵雨浇走了游人。花园寂静无声，草色透亮，花色鲜灵。天空深邃高远，一束"耶稣光"直射下来，雨点在枝叶上、花朵中晶莹剔透，将太阳的五彩斑斓映射得光怪陆离。

整个花园碧色清灵，丽质天生，缤纷炫旋。

我的心，渐渐地沉浸在这迷蒙的花色中。花园中，一块一块强烈的色彩氛围，在取景器中是那样的顺畅和自然……一个物体与另一个物体，一个颜色与另一个颜色，相互影响、相互依存。自然的色彩在阳光的照耀下，尽情地释放着生活的本真和生命的激情，自然界中人们司空见惯的景物，在这里不断幻化成奇妙的诗意空间。

雨后那束阳光的"印象"，使我对莫奈印象画作的理解茅塞顿开："一幅绘画的完成，并不在于是否将主题或画中的人物细致、完整地描绘出来，而在于将画中所有的色彩关系整合、协调与融洽。"

莫奈印象画派追求的是，大自然中某一个时刻的色彩与光影，在一个确定的形象中，将该时刻的独特色彩固定下来。我们更体会到，莫奈追求的，并非抄袭大自然的表现手法，而是由自然启示所构成的色彩的诗卷。

脑海中，不由地浮现莫奈的一幅幅作品：《剑兰》《在维杜尤的莫奈家中花园》《吉维尼的水上花园》，还有那一幅幅令人心醉神迷、美得让你窒息的《睡莲》组图。

当初，定是莫奈以职业的灵感，赋予了不同色相关系的组合、不同对比关系的组合、不同补色关系的组合、不同冷暖关系的组合。正是莫奈花园的美、莫奈的印象画作的色彩，使我研究起色彩之间的关系，以赋予大董菜品美的灵感。

秋天到了，大董意境菜之秋季时令菜上的一道"秋色"，正是受此启发。将北京深秋的景色搬上了餐桌：霜色飘飘，晚秋色浓，层林尽染，气势如虹。

一盘西班牙伊比利亚三十六个月陈年火腿，色如胭脂，油脂芬芳，配上"大董"厨师创作的山楂鹅肝和红桑果、色如琥珀的白加仑，真是好一派秋色。在这盘"秋色"中，选用的暖色系食材火腿、山楂、红桑果，将整盘菜品的视觉有机融合为一个完美的色调，点缀的点点浅黄白加仑，犹如成熟的坚果，使整盘菜品丰富圆润。

色彩、色彩、色彩，一直是我追寻的意境菜品的诗眼；色彩的诗意，以及每一种颜色所具有的情感与象征性，让我如痴如醉。

并不是色彩本身真的具有什么情感，而是色彩在一定条件下可以诱发人们的种种联想，唤起各种情绪。

色彩是一切视觉要素中最活跃、最有冲击力的因素，好色彩，好食材，好味道，成就好意境，不是吗？

自然味

老师傅，大师傅

    王志强师傅是老师傅，也是大师傅。老师傅岁数大，工作年头长，受人尊敬；大师傅除了工龄长，手艺精湛，性格也特别谦逊，待人和气，在行业里备受大家崇敬。

    王志强就是这样一位受人崇敬的老师傅、大师傅。

    和王志强师傅相识，还是在京华名厨联谊会。京华名厨联谊会是全国第一个名厨组织，由时任中国食文化研究会会长李士靖先生倡议发起。这个名厨联谊会可不得了，"集聚了北京多家饭店、酒家、饭庄的名厨和老服务师，都是北京饮食行业的权威，大多担当过各级烹饪大赛的评委，有名望、有贡献、厨德高、技艺精，不愧为国宝级大师。"（京华名厨联谊会简介）

    我三十多岁就在北京厨师界出了名。除了自己有真砍实凿的手艺外，还有老一辈师傅们的抬举。我能进入京华名厨联谊会，真要感谢李士靖先生的提携及孙仲才师父和王义均师父的推荐。

    王志强师傅比我大一辈，是老师傅，但在京华名厨联谊会里也是"小师傅"。每次在名厨联谊会里见到王师傅，看到他总是对老前辈面带客客气气的笑容，对我这个小字辈也是一样。多少年过来，王师傅客客气气的微笑里多了慈祥。

我是一个很幸运的人，出名早，还受很多老前辈的待见。王师傅就是待见我的老师傅，从京华名厨联谊会到现在几十年过去了，我和王师傅成了忘年交，经常会在各种活动中遇到。我俩谁先看到了谁，都会高兴地上去问候，王师傅总是拉着我的手，真挚地嘱咐：工作很累，一定要注意身体。然后又说，技术上有任何需要都不要客气，他一定帮忙。听到王志强师傅的这些话，我心里总是暖暖的。

老师傅真诚得让你无法拒绝。在我生日的那天，王师傅的徒弟石明经理，捧着一大盘子的粉果（面点做的象形水果）进了我的办公室，说是王志强师傅特意给我的生日礼物。当时心情可是太激动了！这些年不想过生日，怕收礼物。收礼物是让心感受压力的事儿，人情太沉重。但其实又希望在自己生日的这一天有更多的祝福，因为我们还是一个俗人，脱离不了俗人的低级趣味。那一天总是这样纠结和矛盾。而王师傅用自己的巧手和高超技艺，让一个心里矛盾的人欣然接受了礼物，感受到了温暖。一个老师傅在我面前高大起来，堪比哲学家。

王志强师傅的粉果比真的水果还鲜亮，五彩缤纷，让人喜欢。现在这盘粉果还在我的办公室桌上放着，经常有朋友来，我就会拿起一个来给大家，朋友不知真假，拿在手里仔细看了以后才知道是用面做的。在大家赞叹的目光下，我总是和大家说，这是王志强师傅送给我的生日礼物。

王志强师傅是一个大师傅。他的活儿很精致，很到家，这个"家"是大家风范的家。一个厨师的职业理想是有一道菜或一道面点以他的名字命名，历史上有太多的故事，我们每个人都能随口说出几个。比如宋嫂鱼羹，苏东坡也觉得东坡肘子比苏轼名字过瘾。以人名命名菜肴或和厨师的创新连带起来，越到近代越难。因为推动技术进步是技术金字塔尖上再攀高的事，虽说"世上无难事，只要肯登攀"，但毕竟是登天的事，是个天大的难事。最近这几十年来，只有山东菜泰斗王义均先生命名的"海参王"—葱烧海参。

在面点界，王志强师傅有很多创新，被载入史册的是他研制的芝麻烧饼。这个故事是这样的：

在 2000 年前后，北京老百姓的生活都上了档次，上饭馆吃饭从大盘大碗变成大大的盘子少少的菜，从大吃大喝到有了"意境"，尤其是吃烤鸭的厚厚的烧饼，总觉得和富裕起来的时代不合拍，眼见顾客在品尝了冷菜、热菜之后，再把一个厚厚的烧饼夹了烤鸭来吃，怎么也咽不下去，而且也吃不出来烤鸭的肥香，更感受不到烤鸭的酥脆。因为烧饼很厚，有时客人基本就不用烧饼夹烤鸭吃了，到最后，店里就不上烧饼了。

但我认为，卷烤鸭的荷叶饼和夹烤鸭的烧饼，都是吃烤鸭的经典味道，已经成为传统习惯，是不能丢弃的。继承不意味着不可改变，创新且赋予其新的内涵，使之有更强大的生命力，才是最好的继承。

有一天，我把这个想法同石明经理说了，希望王志强师傅能解决这个问题，创造一个新的配烤鸭的烧饼，要求越薄越好，但形状、味道不变。王志强师傅很快回话，一定努力实验。经过几次不断的改善，终于有一天，一款自然起鼓的、只有两层、薄如纸的酥脆烧饼试制成功了，这个烧饼夹上"酥不腻"烤鸭，一口咬下去，咔嚓一声响，分不出来是烤鸭的酥还是烧饼的脆，"滋味"二字是对烧饼和烤鸭最好的诠释。这个烧饼还没有名字，我倒是觉得可以称为"志强烧饼"。

"大师傅"是我很羡慕的一个词，也是我们厨师行业里的一个至高段位，我希望我以后成为一个"大师傅"。我常和朋友们说，希望大家称呼我为"大师傅"。大师傅在过去食堂里就是技术最棒的厨师头儿，一定要手艺好，更要有威望。大师傅一定是一辈子都在工作岗位上，就像小野二郎，而且一辈子都在研究技艺，为不断精进手艺一丝不苟。古今中外，能坚持干一辈子的厨师，却少之又少。中国古时候，有卖油翁和解牛庖丁。

王志强师傅到现在还在面案的岗位上工作，还在研究面案的技艺。我怕是不能和他相比了，也不会成为他这样的大师傅，因为我早已经成为职业经理人，基本上是一个商人。商人只知道逐利，而不会在技艺上着力。这和我当初想成为一个大师傅的理想背道而驰。

自然一味有功德

　　我和林自然先生只见过三次面。

　　这三次面，都是近两年见的——然而我俩相闻，却有很长时间。

　　他曾是我好兄弟蔡昊的岳父。有一段时期，可能关系比较微妙。我和蔡昊的兄弟关系，很多人都知道。林自然先生也知道。我曾很想去汕头拜会林自然先生，但由于各种原因，始终不得相见。

　　蔡昊成名是在上海的大有轩。他刚从美国回来，主理大有轩，那时蔡昊微博的名字还叫"喝单一麦芽威士忌的老蔡"。第一次去大有轩吃饭，是沈宏非老师介绍的。记得菜品有白灼响螺片、生腌扁蟹、脆皮婆参，还有干烧胡萝卜，给我的印象极深。从房间的风格到桌布、酒具、配酒，都很不一般，尤其是装盘，简单大方。和上海一些大厨们的刻意洋气有区别，简单里有自信。而菜品，则颇为典雅舒张。

　　这些年，我总是和张新民老师、郑宇晖老师说，对林自然先生很仰慕，希望有机会能向先生学习。张新民老师说，林自然先生也很想有机会和我相见。这话说起来有个五六年的时间了。

2017 年秋天，接到张新民老师的电话，说林自然先生来北京公干，如有机会，想来尝尝大董的美食。我当然乐不可支，精选了几个招牌菜请林先生品尝。但当天我还要招待另两拨儿朋友，在三拨儿朋友间，就像走串场一样，谁也没招待好。尤其是对林先生，一直心里觉得有遗憾。

2018 年，我带着大董美食文化公司一帮热爱美食的朋友去汕头，专程去林自然先生家里品尝他的手艺。林先生精心安排了他的拿手菜：腌制大冬蟹、鲍汁焗花胶、清蒸海红斑、普宁豆酱焗蟹王、过桥腰片、传统大虾枣、北海沙虫干、松仁金瓜煲、砂锅鱿鱼粥、腌制蒜头（小菜）、甜橄榄糁……

这些菜出神入化，道道精彩。有些菜在别的地方吃过，却相差着天时、地利以及人和。

"天时"当然是时令，"地利"是出产，"人和"是和谁一起吃。林先生亲自掌灶，亲自端上来，然后一手扶着门框，笑眯眯地给你讲这道菜怎样吃，怎样才好吃。在这样"人和"的氛围下，你一边吃着，脑海里是大海里游动的鱼，礁石里海浪冲刷的贝壳，田野里的绿色，锅灶里的鲜香……

每道菜一端上来，大家都是大呼小叫，真像刘姥姥进了大观园。林先生也越发地神采奕奕，取出他珍藏的威士忌，和大家一起干杯。张新民老师指着普宁豆酱焗蟹王说，这道菜是林自然先生创造的。这道蟹端上来，我就心里一动，觉得豆酱的鲜香和着蟹的鲜甜，有非同一般的高妙。听张新民老师一指点，更加聚精会神地尝。

林自然先生在一边笑着说，豆好、酱好、蟹好。普宁不产黄豆，要用东北的黄豆，东北的黄豆油多肥大。然而普宁的霉菌好，气候潮湿，发出来的酱甜香有韵味。用普宁豆酱焗蟹，下酒也下饭。有它就酒，能多喝两杯。我听着兴奋，举杯敬林先生一大杯酒说，这道菜最美的是好想法。张新民老师说林先生招待客人都是亲自下厨，他是真正从美食家蜕变成厨师的大师。

做一个美食家很难，最少要具备三个能力：能吃、会吃、懂得吃。能吃是有殷实的家境，能消费得起——当然还要有一个好的身体，能吃下肚，消化得掉；会吃是指一道菜什么季节吃，从哪个部位开始吃，哪个部位最好吃，怎样摆放，都有讲究；懂得吃是指这道菜的历史沿革、故事典故、发展变化，能讲得出来。

一般美食家吃得多而识得广，能说得出来，讲得精彩。但很难见到一个会说、会写又会做的美食家。懂吃能做，是一个好厨师的标准，懂吃能做又会写，就是美食家兼好厨师。

大致，美食家都能做一两样自己拿手的高深绝妙的菜品，但如果能入行且有熟练、精细的刀功，切得了大小如火柴棍般的鸡丝，剞得了漂亮入神的花刀（均匀如麦穗般腰花儿），才称得上烹饪大师。

林自然大师和美食家蔡澜相聚，林大师在 50 岁之际完成了从食客到大厨的转变，蔡澜执笔为业，但也烧得一手好菜。

大家吃得兴高采烈时，服务生端上来一个石锅，翻滚着热汤。又见林先生亲自端上一大盘生鲜腰片。示意，在热汤中烫一下就可。张新民老师也特别强调，这道过桥腰片是当天早晨林先生亲自去菜场挑选的小猪腰。

林先生说，猪腰的挑选是这道菜的关键，不健康或者新鲜度不够的，绝对不能用。猪腰买回来，加工是个细活儿：先要去掉筋膜，片去腰臊，用清水浸泡半小时；捞起，改成对半块，再片薄片儿，冷水浸泡一小时。然后用石头锅倒入上汤，八分满，加盐，黄酒上炉，烧至沸腾。把腰片从冷水中捞起，焯至六成熟，盛入容器。吃时，先把沸腾着上汤的石锅端上餐桌，立即将腰片倒入拌匀。腰片没有一点腥味，只剩鲜香。蘸着用鱼露拌了的辣椒酱，奇妙无比。用冷水浸泡过的腰片，酥脆利口。林先生运用的是过桥的方法，腰片处理用冰水，然后热汤烫食，一冷一热，腰片达到酥脆之境界。汤是上汤，滋味浓郁，口感微咸，烫的腰片有了美味。

我一尝，立刻大吃一惊。这是我多年没有遇到过的一道"神品"：设计缜密，刀工均匀，冷冰热烫，环环相扣，一气呵成，没腥味，有香味，口感酥脆。一个食客，能遇见一道可遇不可求、让你为之感动的"神品"，一定是上帝的安排。上帝让我们终于相聚。期盼相聚的两个人，一个是美食协会主席，一个是烹饪名厨主席，以一道菜为媒介，惺惺相惜。这种心交由一道"神品"

起，使两颗惺惺相惜的心产生了对话。

如今，潮汕美食发扬光大，蔡昊成名了，从当年的上海到广州和香港自创品牌"好酒好蔡"，坊间一宴难求。蔡昊继承着林先生精致潮菜的衣钵，也进一步将潮汕饮食做到极致，从餐厅的格调到氛围，从出品到服务，他也精通威士忌和葡萄酒，在餐酒搭配上，把中餐与酒做了完美的对接。

尤其出品一脉相承，"好酒好蔡"的白灼海螺片、脆皮婆参、腌制大冬蟹、干烧胡萝卜……"好酒好蔡"沿袭了林先生精致潮菜的精妙，更发展了林先生的艺术风格。

一个美食家，承接传统美食，又不拘泥于传统，将现代元素融入传统美食之中，并不断打磨，把一个地方美食做到让全国美食行业瞩目的高度，让众多美食家和厨师趋之若鹜，这是一个人的功德。

这种功德会一直流传下去。

温度可以把握，气氛不可求。不同的人，
不同道性的人，出来的作品不一样

餐桌上的干道甫

在景德镇，和干道甫、周墙吃土菜。豆油烧河鱼，鱼肉面面的嫩，土菜馆下料重，葱姜蒜和着黄澄澄的菜油，小河鱼好像大户人家的小姐，被肥厚的佐料滋润着；豆豉蒸黑猪排骨，吃完排骨，加一碗米饭浇上两勺汁，就是过年的味道。江西的碱水粑上放一个鸡蛋，抓把青菜，再加点青蒜，让减肥的人大吃了三口。糯米用草木灰水淘洗，浸泡，蒸出来的粑粑有软劲儿。过去行军打仗，江西红军都是背上这样的整块粑粑。粑粑经过几天风吹日晒更有软劲，吃的时候用刀子刨出薄片，方便又好吃。这个方法传下来，成了吃粑粑的特色。

干道甫是景德镇陶瓷学院的教师，陶瓷艺术家，青年才俊。今天是他陶瓷出炉的日子，干道甫神色庄重地带我去给太上老君上香，我就也给太上老君上香，是为烤鸭。他的陶瓷要荔枝木烧出黄色，松木出黄绿色。我的烤鸭要用枣木烧出枣红色。

古代依着上坡顺着河建龙窑。烧瓷像赌石，一刀下去定生死。一刀穷一刀富，一刀披麻布。烤鸭也是如此，一只鸭能皮酥松，入口即化，鸭皮呈现蜂窝状的"酥不腻"，也是可遇不可求。

开窑了，先打开两层砖，贴耳细听，"叮，叮，叮"，如泉水涓流，天籁清音，入耳润心。一只碗，火石红色，这是温度到达1280℃，松灰落到胚胎上产生的窑变；一只大碗，翡翠色，是松灰落到高白泥瓷泥上，堆积形成。一只只不一样的窑变，每个局部都可欣赏，温度和气氛不同，窑变也不一样。

温度可以把握，气氛不可求。不同的人，不同道性的人，出来的作品不一样。形而上为道，形而下为器，道在器先。这些器物都是由景德镇特有的高岭土烧制，白细润透，所谓的"薄如纸，声如磬，白如玉，明如镜"，最难得。

干道甫说着，眼睛却不断往窑里瞟着，突然他大步上前，伸手从窑里拿出一只公道杯，这是一只"窑宝"，这只杯呈现出中国水墨画的神韵，通过窑变产生了中国水墨意境，可遇不可求。

又一只"窑宝"，一只白胎，窑变后，碗底还是高岭土的白色，通身呈现金光，金光之中迭出水墨。又一只"窑宝"，金光中水墨更浓重，犹如宋画，华丽中尽显古意。一只火石红杯盖，红得透彻，从泥土中出来的温暖，让人陶醉。

宋瓷是古代柴窑，放在匣钵，器物明净。干道甫在做现代柴窑，追求另外一种可能性，就是窑变的自然之美。泥土不同，火焰温度不同，松灰落到白胎上就有了不同的变化。每一件作品都是唯一，都有自己的属性，都是神火之作。这是一种自然之美，大自然之丰富神韵。中国古代食器，宋元达到高潮，到了现代，艺术表达是什么？干道甫一直在思考，并有了答案。

吃 "勺把儿"

今天有朋友问我：吃过的东西里，什么最好吃？其实这是个怎样回答都可以，怎样回答都不会错的问题。每个人的经历不同，你在那个场合吃过的最好吃的东西，换了另外的场景未必感觉好吃；每个人的家庭境况不同，大户人家鸡鸭鱼肉是家常便饭，穷人家就是珍馐美味；每个人的口味不同，你爱吃的，他不见得喜欢；地域不同，习俗不同，反映在吃食上，口味也不同。

没有好吃不好吃，只有爱吃不爱吃。什么东西最好吃，永远是让人烦的问题，永远都有不同答案。过去，很多朋友很是严肃地回答，妈妈做的饭最好吃。也有很多朋友，试图寻找自己记忆中最美味的珍藏。

我记忆中最好吃的东西，当然是我那个大师级父亲做的菜——不只是我说他做的菜最好吃，就是那些品尝过他做的美味的人，都会感叹他的手艺是那样神奇——他会将平常百姓家常有的普通食材，像变戏法一样，做出让你想想都要流口水的美味。

过去面对这样的提问，我会十分认真地，很是深情地，将记忆中父亲做过的美味，一一说出来和大家分享。现在又遇到这个提问，再回答说，父亲做过的饭最好吃，怕有点傻帽儿了。所以，我很是随意地，但又装作认真地说："'勺把儿'最好吃！"

说完"勺把儿"，我立刻为之一振。说实话，我不知道我为何脱口说出这个词汇。只能说，这个词汇埋在记忆深处的某个角落，在我无法得到其他答案的时候，它被我的某种应变神经激活了。

大约是 20 世纪 80 年代，刚参加工作。那时餐馆还都是国营的，工作餐都是去职工食堂买饭票吃：一个素菜一毛钱左右，一个肉菜两三毛钱。即便如此，一个月的工资，还要给师傅们买烟、买茶。往往一到下旬，吃饭就是个问题了。

但是在饭馆，职工自己吃饭，总还是有解决的法子的。

经常看到，中午职工吃饭的时候，几个师傅凑到一起，将前边服务员留下的客人剩下的酒拿来喝，将客人吃剩下的、没有动过的菜摺在一起（摺落菜），再加热了吃。这种"摺落酒"和"摺落菜"，对于省下饭票确实是有很大作用的。但对于我们学徒工来讲，它更有双重意义：既能省些饭票又能解馋。

所以，能吃上"摺落菜"成了学徒工的一种向往。和师傅们关系密切的学徒工，才有机会得到师傅们的招呼，叫过来一起吃"摺落菜"。能吃"摺落菜"的学徒工是很骄傲的，因为要得到师傅们的认可，不但要人灵巧，干活卖力气，还要有"眼力见儿"。比如，前边服务员留下的"摺落菜"，学徒工会不失时机地"抢"

过来，送给师傅们吃。这样的学徒工也是最受师傅们"得烟抽"的，肯定在吃"摺落菜"时少不了他。

"摺落菜"好吃！每天中午下班后，师傅们经常和一帮投缘、说得来的同事凑在一起，一边喝着"摺落酒"，一边津津有味地吃着"摺落菜"。学徒们不能喝酒，大都是盛了一碗饭，扣上"摺落菜"吃了。"摺落菜"是没有固定味道的，完全看今天客人剩下什么菜。有时，剩下的菜中，一个菜的量大，就将这个菜单独放在一起。但大多时候，都是几个剩菜"摺落"，这个时候味道就很复杂，这个菜可能就是最复合味的菜了。

并不是每天都有"摺落菜"可以吃。毕竟那个年代，大部分客人还都比较节俭，能否剩下"摺落菜"要看是否有大的宴会或者聚餐。如果没有"摺落菜"可吃或者"摺落菜"很少的时候，炒菜的师傅们就要留"勺把儿"了。

留"勺把儿"，要配菜师傅和炒菜师傅配合默契。也就是配菜师傅将客人点的一个菜的配菜，多抓出一些来（比如一个菜标准是 3 两，他就抓出 4 两），炒菜师傅一般是不问的，因为每天他都要炒这些菜，每个菜是多少量，炒菜师傅看一眼就明白。所以一个菜如果量多了，他炒出来后，就将多出的量留出来，这就是留"勺把儿"。

很多时候，"摺落菜"只是个幌子，吃"勺把儿"是真。吃"摺落菜"一般没有人管，是不违反店规的，但留"勺把儿"如果被经理发现了（往往厨师长和师傅们一起吃"勺把儿"，大家都提防着经理），就要扣工资。一般的炒菜厨师，接菜案台下都有一个大饭盆，留出的"勺把儿"就放在盆里。"勺把儿"很杂，不管什么菜都放在一起，有时还要搅拌搅拌，这样就多少像"摺落菜"了。虽然大家心照不宣，但还是提心吊胆的。一旦让经理看见，就要扣掉工资，严重的还要扣掉奖金。

其实经理心里什么都清楚，只是愿意管和不愿意管的事。经理会在大家吃"勺把儿"的时候，突然从旁边走来，这时大家都很紧张。资历比较老的师傅会很客气地请经理一同吃"摺落菜"，意思就是我吃的是"摺落菜"，不是"勺把儿"。这刻意的强调，总是有些不自然。这时经理会客气地说吃过饭了，大家会心地一笑。经理这是一种留有情面的警告，这以后师傅们就要收敛几天。

"勺把儿"真是好吃，它的味道让你无法形容，但确实很美妙。每次吃完，都是意犹未尽，让你期待下一次。

每一次的"勺把儿"都不一样，这要看配菜的师傅给你抓什么菜。记得那时候，饭馆卖的菜有辣子鸡丁、软熘肉片、锅塌里脊、番茄里脊、糟熘里脊、炒虾仁、爆两样、炒肝尖、爆腰花，这些菜混在一起吃，就上一碗饭。这对一个学徒工来讲，真是天大的期待。

时过境迁，那时背着经理吃"勺把儿"的学徒工们，现在都是大餐馆的"总"们了。不知道现在的学徒工们，是不是和师傅们还背着"总"们吃"勺把儿"？

朱鸿兴与冯恩援的非物质文化遗产

品了长江三鲜，告别了蒋开河，我们一行人去了苏州。

去苏州要看的东西很多，每次来总是匆匆忙忙的。这次到了苏州，却不知要看什么了。我想应该人随天愿，看机缘中我们能去哪儿。

车子进了苏州，先找宾馆，安顿了住处。

边走边看，老远的，隐约看见一个似曾相识的招牌：朱鸿兴。我没有去过的！可记忆中，它的很多场景又很是清晰。哦，想起来了，这是陆文夫先生写的小说《美食家》里的主人公朱自冶，每天早早起床去吃头汤面的地方。那我们就去朱鸿兴吧。翻开随身带的苏州手绘地图，在苏州必做的十件事之中，赫然列着"在晨雾之中，去隔壁的百年老店吃一碗头汤面"，看来这个朱鸿兴必是要去的地方了。

陆文夫小说写的是一个由好吃而成"精"，进而成美食家的朱自冶；这个朱自冶吃得精，吃得细，吃得有讲究。除了吃，他对其他是狗屁不通。朱自冶到了"不好吃便难以生存"的程度。

为了吃一碗头汤面，他要起得很早，睡懒觉与他是无关的。朱自冶认为，吃面的关键在于"头汤"。千碗面，一锅汤。如果吃不到头汤面的话，那面就不清爽、滑溜。面中有了汤气，就好似有了浊气。

朱自冶如果吃下这么一碗有浊气的面，他就会整天精神不振、懒散颓废。总觉得有点事儿不如意。所以，他要擦黑起身，匆匆盥洗，赶上朱鸿兴的头汤面。

对于朱鸿兴的面，陆文夫先生做了如下的描写：

那时候，苏州有一家出名的面店叫作朱鸿兴，如今还开设在怡园的对面。至于朱鸿兴都有哪许多花式面点，如何美味等我都不交待了，食谱里都有，算不了稀奇，只想把其中的吃法交待几笔。吃还有什么吃法吗？有的。同样的一碗面，各自都有不同的吃法，美食家对此是颇有研究的。比如说你向朱鸿兴的店堂里一坐："喂（那时不叫同志）！来一碗××面。"跑堂的稍许一顿，跟着便大声叫喊："来哉，××面一碗。"

那跑堂的为什么要稍许一顿呢，他是在等待你吩咐吃法：硬面，烂面，宽汤，紧汤，拌面；重青（多放蒜叶），免青（不要放蒜叶），重油（多放点油），清淡点（少放油），重面轻浇（面多些，浇头少点），重浇轻面（浇头多点，面少点），过桥——浇头不能盖在面碗上，要放在另外的一只盘子里，吃的时候用筷子搛过来，好像是通过一顶石拱桥才跑到你嘴里……如果是朱自冶向朱鸿兴的店堂里一坐，你就会听见那跑堂的喊出一连串的切口："来哉，清炒虾仁一碗，要宽汤、重青，重浇要过桥，硬点！"

朱鸿兴、朱自冶对我的诱惑力太大了，每次看到陆文夫先生描写的情节时，我的脑海中已全部是小说中的场景，仿佛我就是那个朱自冶。

走进朱鸿兴店堂里，三三两两的散坐着几桌吃面的客人。环顾四周，只见几个服务员在忙碌着。迎面的墙壁上挂着一块牌子，写着各种面的名字，焖蹄面、爆鱼面、鳝糊面、虾仁面、腰花面、葱油香菇面……服务员在柜台里接待着客人。

我想着小说里的场景，这时应该有一个服务员高声叫着、问候着，带我入座，然后听我说面的吃法。柜台里的服务员抬头看了看我，又忙活儿去了。我不知道是不是应该站在这，等服务员的招呼，然而人已随着大家挤到柜台前。大家七嘴八舌地商量说，每人要一种面，这样可以多尝几样。服务员接过话说："浇头可以都摆在桌上大家共同吃。"大家觉得这是个好办法，高兴地接受了。

一会儿，面上来了，服务员只顾往桌上端，满满地摆了一桌子。碗很大，汤很多，面也很多！

我想着小说里的情景，一边喝着汤，一边自己对自己说："头汤面……，重青……，浇头多……，过桥……"服务员听见我的话，看了我一眼，继续她手里的活儿，并未有和我说话的意思。

"在晨雾之中，去隔壁的百年老店吃一碗头汤面。"

陪同我们的得月楼经理听我一说，立刻饶有兴致地和我们说起了朱鸿兴面的吃法，大家也饶有兴趣地听他讲。

但我已觉得我又不是朱自冶了。我想朱自冶当年的"虾仁、宽汤、重青、重浇、过桥、硬点"的面，是让朱自冶神清气爽、精神抖擞的，可我看着眼前的一桌子的面、青、浇头，心里已是昏昏浊浊，没了胃口。

有一次，中国烹饪协会秘书长冯恩援先生来店里找我商量，能否关于"大董的烹饪理念"做一个专题课，给行业里关注大董菜品研发的朋友讲一讲。

中午吃饭的时候，随同冯恩援先生来的桑健先生说，国家非物质文化遗产评选委员会聘请冯恩援先生为评委，因为冯恩援先生本人就是服务行业出身，具有深厚的文化功底，而且本身就是饮食行业口算账（行语叫"一口清"）的承载者。

话题转到饮食行业过去的一些习惯做法。冯恩援先生兴致勃勃地讲述起他的经历，那时他在宴春楼做服务员，每天早上都要卖早点，经过几年的刻苦磨炼，他已练就了"一口清"的绝活儿。附近很多顾客上宴春楼吃早点，其实更是为了他的"一口清"表演，奔着他的绝活儿而来！

顾客点着自己要吃的早点，冯恩援先生眼睛随着顾客的手动着，耳朵听着顾客的话，心里就像有一把算盘在拨着，顾客的话落音了，冯恩援的"一口清"也就脱口而出了！双方你盯我，我看着你，都在等对方的话音儿。顾客说得不紧不慢，冯恩援答得有条不紊。有的顾客为了检测一下，故意将话说得急急的，冯恩援还是一等他的话音一落，干净利落地算出价钱！每每这时，顾客满意地笑了，冯恩援也自信地笑了。

"那时，我的一个耳朵听的是价钱，另一个耳朵还要听粮票呢，那可不是一个简单的活儿！"冯恩援说，"三个油饼，两碗豆浆，一碗豆腐脑，一根油条，两个炸糕！"

"5毛6分，8两粮票！"

听着这神奇的故事，大家都若有所思。

"一口清"是那个时代餐饮行业鲜有的特色，它承载着那个时代的历史文化。如果我们能好好继承下来，顾客既能享受现代文化带来的便捷，又能感受过去的历史，那是多有意思的情境呢。

"但是我们在不经意间，轻易地丢掉了许多。"冯恩援说。

"朱鸿兴吃面的诸多讲究，不也是如此吗？"我想。

父亲的烧茄子

我身高 1.92 米，行里行外的朋友都管我叫"大董"。听着非常受用，因为这称谓听着随意，透着亲切。父亲比我还高，这不是在身高上，而是在厨艺上。他过去是天津劝业场一酒楼的厨师，后来又给国家领导人做过饭，但全然没有现在厨艺大师们那么多的头衔。我由衷地感叹我的手艺不如他，没有他那样高的水平。

他做的菜，很多都是居家常有之物。在他的手中，却变成无比的美味。我曾经尝试着复制他给我们家人及四合院邻居们做的吃食，但总觉缺少点儿什么。是因为那个物质匮乏的年代，我们缺少对美味的识别？抑或是，现在丰厚的美味封固了我们迟钝的味蕾？前两天读《赖声川的创意学》，恍然大悟，这就是"谁都能把简单的事变得很复杂。真正难的是把复杂的变简单，不可思议的简单，这才是创意"。

噢，父亲的高妙就在于将寻常之物的本味，透过他妙手的幻变，呈现出食材应有的清新、香美，也就是原料朴实自然的"真味"。

董氏烧茄子

　　小时候，最常吃的是父亲做的烧茄子。每每想起，嘴巴里总感觉口水在慢慢充盈着。这其中，肯定有那浓浓亲情，仿佛看见父亲在炉边煎茄块的身影。但他的做法确实与众不同：将圆茄子去皮，切大厚片，在锅中倒少许的猪油，大火煎成两面焦黄。

　　选茄子他也是很讲究的：就是一定要选紫皮绿瓤茄子，而不要紫皮白瓤茄子。因为后一种茄子水分过多，在煎的时候出汤也多，加料以后茄子会变得软而无味，直接影响口感。至于现在很多酒楼用的长条茄子，那是万万不能用的，因为它已没了茄子的清鲜之气。

　　全部茄片煎好，用余油煸炒大蒜瓣和八角。出香味后，把茄子放入锅中久久地翻炒，这样八角和蒜香就让茄子吃透了，然后倒入酱油和白糖加盖焖至汁干就好了。

　　锅中的汤汁，在煤球火炉的煎烧中，滋滋地响着。烧茄子的香味（很多老邻居说当年吃的是肉味，妙哉！）透过我家的厨房弥散开来。烧茄子出锅了，父亲东家一碟、西家一碗地端去。各家屋里的灯亮起来了，院中老槐树花儿香味中混合着烧茄子的味道，大人小孩都赞美父亲的手艺。父亲坐在八仙桌旁，乐得脸上的皱纹更密实了。

麻油是个什么东西

麻油在我的记忆中是珍稀之物。小的时候，家边路的一侧就是农田。每年农民收割完麦子后，接下来就是夏种了，种的是秋作物。芝麻不是主要农作物，所以在玉米、高粱、白薯、棉花、豆类间混作，在玉米、高粱等作物一畦畦的夹缝中播下种子。

芝麻苗刚出土时，不甚让人在意。棉花、豆苗已长出尺把高了，才见芝麻苗：绿茸茸像小草似的。但芝麻苗长势快，不过一个月，已比棉花稞高了许多。到五六尺高时，像牵牛花样的小白花绽开花蕾，或有紫色的，在芝麻桄上一簇簇地开着。芝麻桄就像十五六岁的毛头小伙子，窜得可快了。花开过了，桄上的节节结了角，角中就是芝麻仁。农民收割芝麻可小心了，生怕动作过猛，抖落了在荚中酣睡的芝麻仁。

家中生活的窘境，从麻油中体现了出来：自家腌的老咸菜疙瘩切了细丝，取出快见了底儿的麻油瓶子，只倒出一滴细细地拌。吃的是咸菜丝，但油的浓郁香味，总让你不觉间多捏几丝咸菜放在嘴里。

芝麻仁虽渺小，但经过烘焙炒熟后制成麻油，在各大菜系、名品佳馔中扮演了大角色——大多起到画龙点睛的作用。

山东菜名品"烩乌鱼蛋"的酸辣味，是米醋和胡椒粉按一定比例兑出来的，三口下去，始觉柔柔的醋香和丝丝的辣意，越品越过瘾。但如果没有出锅后加进去的麻油（不能早放，早放进去后香味就挥发了），酸辣味的香美就会弱化，变成了生硬的酸与辣。在这里，麻油的香味是连接米醋与胡椒粉的桥梁，使米醋和胡椒粉的搭配巧结连理，促成了酸辣的柔美。麻油以自己不张扬的作用，使烩乌鱼蛋成为鲁菜的代表作之一。

淮扬菜的鸡汁煮干丝同样如此。豆干，百姓家寻常之物。一方豆干，好的厨师要片38片之多，再切成细丝。反复用开水漂煮后，用鲜鸡汁加鲜湖虾仁、鲜冬笋、火腿丝烩制，出锅时加入麻油即成。按说，用鸡汤烩应突出鸡汁的鲜美滋味，加入麻油岂不是累赘？非也，江南扬州人的细腻就表现在这里。豆干虽然水漂汤煨，但其中的豆腥味儿总让扬州的老饕们心中罩上一层阴影，鲜湖虾仁的鲜甜、冬笋尖的甘美、陈年金腿的隽香都不能遮掩豆丝的瑕疵。也许是田中共生的情愫，或是连枝的缠绕，小麻仁太了解豆子的秉性了，这时候，又是麻油成全了豆干的美名，使鸡汁煮干丝的美味不绝于口。

大煮干丝、烫干丝、鸡汁煮干丝，扬州人的闲情逸致，走过了自大运河开凿以来隋唐至明清以后的鼎盛，更吸引全国富商巨贾的青睐，有句诗叫"腰缠十万贯，骑鹤下扬州"。

岭南饮食文化的形成，除了当地的人文习俗外，很大程度源于所处的地理位置，地处南海之滨，热带、亚热带的气候使人们喜食清淡、爱好生鲜，这是广东风味的特色之一。食味讲究清、鲜、嫩、爽、滑、香，随季节时令的变化而变化——夏秋力求清淡，冬春偏重浓郁。调味品的种类繁多，烹调方法多样。制成的菜肴有"香、酥、脆、肥、浓、美"，即所谓的"五滋六味"。

"白灼虾"和"白切鸡"是广东菜中最简单、也最具代表的"清、鲜"菜品。在广东人看来，活蹦乱跳的活虾，随吃随煮，啖虾呷酒，鲜中透着甜，别有一番滋味。这些白煮、白灼之类的菜，之所以大受欢迎，是因为在不加任何调料的滚水烫熟的过程中，它们本身固有的鲜美味，没有受到任何的侵害和损失，使人们领略了食材本味的"真"。这时候，即使在佐碟调味中加入少许麻油，也会使白灼虾、清蒸蟹等黯然失色。

在中央电视台"满汉全席"全国总决赛中，不少选手将活龙虾、石斑鱼制成烦琐的菜品，其中调味又过于浓厚，麻油的味道抢夺了鲜活海味的甜鲜。哎，麻油你是个什么东西？

饮食烹饪和所有美的创造一样，求真是第一要义。各种各样的食物，有各种各样的气味、质地，有自己独特的个性。烹饪加工，就要依顺序突出食材的个性特点，保持其个性，呈现其真味。故弄玄虚、过分"涂脂抹粉"，使食物的个性、神韵丧失殆尽，只会令人胃口大倒。即使麻油也是如此，它香美，在除恶味、去异味、增美味中可以显现它的风格雅韵；但如果应用在清鲜淡雅滋味中，会有画蛇添足之感。

麻油，就是这么个东西。

「乌鱼蛋最鲜，最难服侍」

烩乌鱼蛋三部曲

名菜烩乌鱼蛋属于海味，是宴席中一个颇有风味的汤菜。这个菜，汤味醇和、鲜美滑润、酸辣适宜，有解腻作用，因而极受食客欢迎，在北京地区广为流传。

近年来，人们的饮食时尚，注重营养卫生，讲究膳食平衡，喜好菜品鲜醇少油，口味趋向清淡。一般宴席，凉菜上过后，汤菜作为第一道主菜，往往能够起到承上启下的作用，而烩乌鱼蛋恰恰是这样的一个绝妙佳品。

乌鱼蛋是乌贼（即墨鱼）的缠卵腺，呈椭圆形，外面裹着一层半透明的脂皮，里面是紧贴在一起的白色圆片，称为乌鱼钱，含有大量的蛋白质。古书上说："乌鱼蛋最鲜，最难服侍。"

烩乌鱼蛋的一般做法是：将乌鱼蛋在开水锅中煮透，捞出晾凉，剥去外皮，按其自然形状揭成一片片的乌鱼钱（形似乌鱼钱），再放入开水锅中反复氽几遍，除去咸腥味。然后起锅，放入鸡汤，加入料酒、精盐、胡椒粉，把氽好的乌鱼钱放入汤内。汤开后撇去浮沫，用调稀的湿淀粉勾兑成琉璃芡，再加入米醋、味精调匀，点上鸡油和香菜末即可。

烩乌鱼蛋是一道典型的酸辣复合味型菜肴。在这个菜中，醋与胡椒粉扮演了极其重要的角色。

胡椒是胡椒科植物的干燥种子，主要成分是胡椒碱、胡椒脂碱和挥发油等，在烹调中有去腥、提鲜、增香、开胃的作用。

醋，在中国这个古老的土地上，已有很久的历史。据记载，春秋战国时已有了专门酿造醋的作坊；《史记》《齐民要术》《本草纲目》等古籍介绍了若干种醋的制法及应用。

按工艺流程，醋可分为酿造醋和人工合成醋。酿造醋又分为米醋、糖醋、酒醋。米醋因加工不同，可再分为熏醋、香醋、麸醋等。名特产品有：山西老陈醋、江苏镇江香醋和板浦醋、四川保宁醋、山东东口醋、福建永春老醋、天津独流老醋、福建和广东的白米醋等。

醋在烹调中的应用十分广泛，是烹调中的五种调和味之一，但不能单独成味，必须与其他味合用才起作用，是构成多种复合味的主要调味原料之一。能够增加酸味、香味、鲜味，去腥解腻，除异味，也是调制糖醋味、荔枝味、鱼香味的重要原料。特别是与胡椒粉复合成酸辣味时，会产生一种奇妙的鲜美滋味。

喝烩乌鱼蛋汤讲究的是，第三口才能品出其中的酸辣香味，醋与胡椒粉的比例要适当，用量要平衡，醋的芳香、胡椒的微辣在鸡汤的鲜美衬托下，更显得滋味醇和，二者相得益彰。

醋在烩乌鱼蛋汤中的作用，实在是功不可没。但是，近年来不知道是什么原因，醋的质量略有下降，色泽发黑，酸味不正，这就影响了厨师技术水平的发挥。为了保持烩乌鱼蛋色泽明亮的质量特点，钓鱼台的厨师尝试用酸黄瓜汁代替米醋来做这个菜，取得了良好的效果，在 1996 年的第二届中国烹饪世界大赛上，获得了金牌。对于酸味的取料，他们经过无数次的优选，找到了并不是现成可买到的酸味调料——酸黄瓜汁，用后达到了理想境界。由此，传统名菜有了新的活力，上得了档次，定得住格局，一跃成为宴席首道汤菜。此菜的升华，可算是贯彻"继承、发扬、开拓、创新"方针的一个范例，值得借鉴。

后来知道，酸黄瓜汁虽然味道鲜美，来源丰富，但是腌渍的蔬菜里，都含有一定量的硝酸盐。在腌渍过程中，硝酸盐能被细菌还原成亚硝酸盐。亚硝酸盐在人体内，会让正常的血红蛋白变成高铁血红蛋白，从而失去携氧能力，对人体健康不利。

一次偶然的机会，客人吃三文鱼时，挤柠檬汁以增加三文鱼的鲜美滋味。我的眼前突然一亮，这不就是最好的、天然的、无任何不利于人体健康的酸味调料吗？我马上翻阅资料，一行亲切的字句跃入眼帘：柠檬汁的颜色淡黄，味道极酸，它的酸味主要来自柠檬酸和苹果酸。它的营养成分很丰富，含有糖类、维生素 C、维生素 B1、维生素 B2、烟酸、钙、磷、铁。

真是踏破铁鞋无觅处，得来全不费工夫！

于是我立即实验，实验的结果竟然令人那么振奋。

轻轻地掀开盅盖，一股清香随着袅袅热气浸入肺腑。凝眸细看，一片片乌鱼钱恰似朵朵小花，汤色晶莹剔透犹如一泓清泉。轻飘曼舞的香气漂浮其间，小心翼翼地舀起一匙汤汁，轻轻地送进口中，清鲜滑爽，齿颊留香。再舀起一匙，轻啜细品，口中立刻充盈起淡雅的果香。第三匙汤汁又送进口中，一丝丝的酸，一丝丝的辣，柔柔地混合在一起，像一对初恋情人，手挽着手走来……

烹饪心得：

用柠檬榨汁取代醋，制作的青柠乌鱼蛋汤，不仅解决了醋将汤汁变灰暗的缺憾，使汤色纯白、亮丽，而且口感更加清鲜滑爽，轻啜细品，淡雅的果香，充盈齿颊。

用料：

水发乌鱼蛋　250克

清汤　1000克

胡椒粉　10克

柠檬汁　25克

盐　2克

味精　5克

料酒　10克

香油　2克

香菜末　5克

制法：

(1) 将乌鱼蛋洗净后，水泡去盐味，撕成片，开水焯后备用。

(2) 将柠檬榨汁待用。

(3) 锅上火，放入清汤，加入胡椒粉、盐、味精、料酒。

(4) 汤微沸后，勾成米汤芡，再放入柠檬汁，调成酸辣味，将乌鱼蛋放入，点香油、放香菜末即可。

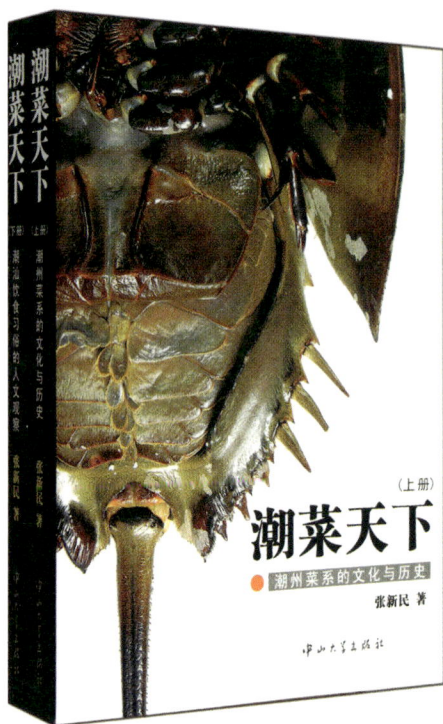

精细的潮汕菜值得大书特书，张新民就写了一部

中国菜的"精细"范儿

提起蔡昊先生，这个名字人们可能很陌生，但说起网名"好酒好蔡"，大家就耳熟能详了：知道他是一个美食家、品茗家、品酒家，更是上海"大有轩精细中菜"的创办者。

"大有轩精细中菜"在广州和上海知名度很高，北京、香港也有很多的拥护者。它的成功之处在于，蔡昊先生用现代的餐饮经营管理理念，解构传统的潮汕菜，让传统潮汕菜离开原产地后，在保持好味的基础上，更精细而升华，在餐厅等级上，具有尊贵和高雅之品位。

近一两年，我曾几次下岭南，探寻潮汕菜的原貌。深感潮汕菜作为地方菜，广州菜大菜系的源头，潮汕地区的人文风貌保持得还是很好的。确实，美食就是人文的食物，美食中承载了太多社会的情愫。

初尝潮汕菜，定会说起卤味，这个卤味实际是指卤狮头鹅。汕头饶平县是狮头鹅的原产地，这种鹅因颊肉瘤发达，呈狮头状而得名，且体形巨大，有"世界鹅王"之称。在潮汕，早有"稚鸡硕鹅老鸭母"的俗语，就是强调鸡要小、鹅要大、鸭要老。虽并不认为老鹅比大鹅更好，但卤老鹅头确是一个例外，因为选用的老鹅都是退下来的种公鹅。所以卤这种老公鹅的时间，比起其他的卤味时间要长很多，味道自然更醇厚、迷人。

汕头有几家久负盛名的卤鹅店。那次我是在去机场的路上，忽然想起此行还没有尝到鹅油饭，送行的郑宇晖先生略想一下，让司机拐上另一条马路。一会儿，在一路边小店停下。这是一个老街区，街道两旁，高大桦树枝大叶阔，掩映的古旧骑楼让你惊叹。惊叹那些宏伟、华丽的骑楼，那些山花女墙装饰的精妙。似乎从中可以窥探当年的"楼船万国"、百载商埠、盛极一时的景况。看着日渐残破飘零的昔日华屋，我不禁心生凉意：说不定什么时候就再也见不到了。岁月不饶，多少亭台楼阁等不及，终于雨打风吹去。

老榕树下，几张木桌。我们一行人坐下，眼前的风情景物让我兴奋。每张桌上，上了一只大卤鹅，刚从卤锅里捞出来的。未曾入口，老卤锅的香味已让你情迷不已。

从我做厨师起，那么多年，潮州卤水就像谜一样，让我琢磨不透。它不同于苏式卤水的鲜香回甜，不同于鲁卤的咸香红润，不同于川味的麻辣陈香，潮汕卤水隽永而深邃，香甘而润雅。后来慢慢知道了，除了各菜系都用的香料外，潮汕卤水自有一套独特制卤技法，而且在众多香料中，被称作潮州姜的南姜、香茅、老鹅油都是独门配料。吃鹅就吃老鹅头，其味美不说也罢；除了老鹅头，卤鹅肝真是让你难以忘却。从厨师的角度，我更是惊讶不已，鹅肝的细腻和脂香被卤水沁得如此美艳，心醉情迷，已没了定力；接下来的一碗飘着卤脂氤氲的热鹅油拌饭，已使你任由它摆布，真是美味之下何惧胆固醇呢？

想想就让你口舌生津的汕头各种吃食，种种怀念就在胸中蠕动。张新民老师是纯粹的汕头人，潮汕的文化风尘淬炼，使他的味蕾极其发达，他的《潮菜天下》和《潮汕味道》两套丛书，使我徜徉其中，不分南北东西。而这样一个美食作家的家庭宴席，烹调得更是风生水起，我为此给他起了个名字——张新民私家菜。那天，张新民老师的一桌菜，完全成了潮汕地区历史文化的人文读本。你看，茶香乳鸽、花胶炖菌、明炉烧响螺、盐焗尔匙、苦刺心汤、煮红花桃、黑椒金蚝、油炸沙蚕、鱿鱼春韭、清炒芥蓝、生腌虾蛄、益母草汤，水果则是三棱橄榄。

这些菜，想必就连我这个专业厨师都没见过。岂止没见过，之前都没有听说过；听说过的，但也是没有吃过。虽然是家庭宴席，但是食材和味道真不含糊。这里，我一定要说说这个"白灼响螺"。响螺虽不是潮汕菜专有，但品质确是潮汕地区沿海出产的最佳，其肉质鲜美脆嫩，犹如鲍鱼，是十分名贵的海味，有了名产加上文化积淀深厚，成就名菜是顺理成章之事。尤其是"明炉焗响螺"的做法，更是令人叫绝。

宴席中，张新民老师讲了这样一个故事：汕头特区刚建成时，龙湖食街有一家叫"新兴"的小食店，店主姓洪，明炉焗响螺做得极好。但后来这条食街因事衰落，小店也就关张了，这"洪记"烧螺也就成了记忆中的"高山流水"。

还好，响螺的另一种经典食法是白灼。潮汕菜大师林自然烹调此味，颇多心得。他的白灼有很多讲究，比如灼汤一定要用上汤加火腿，那是为了不让螺肉中的鲜味走失，且让浓香渗入螺肉中；在切片螺肉时，定要下狠手，将螺肉上的老硬肉质尽数切去，只留螺肉中的精华。这时的螺肉，白嫩细腻，犹如小儿的嫩手。其味肥嫩香甜、脆滑爽口。蘸食酱油芥末或虾酱，有鲍鱼的鲜美，多过鲍鱼的脆嫩。

那天吃了张新民老师的白灼响螺，知道了鲍鱼要吃干，响螺要吃鲜。虽没品尝过林自然大师的白灼响螺，但张新民老师的此味海螺，让我见识了潮汕人以食海味为尚，烹饪海味得心应手。

几次潮汕之行，尝到更多潮汕味道，将我的胃口吊得高高的。潮州打冷、巴浪鱼饭、香煎蚝烙、鲜炒薄壳、益母草汤、牛肉火锅、潮式捞面、牛肉丸、生腌咸蟹、凤凰豆干、煎菜头粿、姜薯；光是宵夜店的白糜和各种杂咸，产生的念想就让人忘却不了，橄榄菜、贡菜、乌榄、豆酱姜、腌杨桃、榄角、各种菜蔬、鱼虾蟹贝壳，不知有多少种，你想不到的，它都能入了杂咸。外来的客人在酒楼被主人请客喝了大酒，晚上来到宵夜店，叫上一碗白糜，一口如浆似脂的粥浆，佐上杂咸，这口香甜，就是舒坦。

一个餐厅如果独具个性，又能较长时间保持品质，一定是这个餐厅的主厨或经理或老板，是个美食家，至少也应该是对美食有一定鉴赏功力者。餐厅的出品也如收藏家的藏品一样，被老板、经理、主厨呵护有加。

实际上，美食家之老板、经理、主厨，会以自己多年对美食的独具慧眼和鉴赏力，不断将社会中独具个性和品质的菜品编入菜单中，并使其不断完善，成为餐厅的招牌菜品以飨食顾客，扩大美誉度，带来更好的口碑。同时，美食家之老板、经理、主厨又以其丰富的品味经验，对菜品存在的瑕疵洞察秋毫，竭尽全力不断完善，提升其经营和菜品品质。

上海"大有轩精细中菜"就是这样一家餐馆，蔡昊先生就是这样的一个餐厅经理，而老板洪瑞泽先生，正是前面提到的龙湖食街那一家叫"新兴"的小食店店主的儿子。当年"新兴"小食店关张后，洪瑞泽去了香港，历经多年打拼，和同是美食家的蔡昊先生志趣相投，合办了上海"大有轩精细中菜"餐馆。

提起这个"精细"二字，还有这样的渊源关系，蔡昊先生是汕头"大林苑精细中菜"餐馆老板林自然先生的女婿，蔡昊先生不但学会了林自然先生的"明炉焗响螺"的绝技，更是将餐馆的"精细"二字也接传了下来。蔡昊先生曾经请我品尝了上海"大有轩精细中菜"的"明炉焗响螺"，他将传统的上汤火腿合并鸡油同焗，这样的出品使得响螺比肩干鲍，鲜香浓郁，脆嫩还甘，回味无穷。

蔡昊先生经营上海"大有轩精细中菜"餐馆，并不是简单地传承林自然先生的衣钵，更是其家庭和其本人的经历使然。蔡昊先生出生于一个华侨世家，其外祖父经营酒业，产业名震四方，家庭礼教和殷实的生活，以及海外的留学和生活经历，使蔡昊先生具有极强的品鉴能力和极高的品位，他是中国研究和品赏"单一麦芽威士忌"的头牌，更是品茗"凤凰单枞"的大家。

"大有轩精细中菜"餐馆的品位表现，从经营管理的一些"精细"细节中显现出来：潮汕菜品在这里随着季节不断更替，离开原产地之后仍然保持传统味道，符合上海这个国际化大都市对美食时尚、精致的要求。蔡昊先生以自己对美食的体会，在上海"大有轩精细中菜"中融进了自己的感悟：餐前一小盅开胃清汤，润物无声般开启着宴会序幕；主菜后一杯凤凰单枞，是潮汕元素的点睛之笔，具有清口隔味之功。更为神奇的是将"单一麦芽威士忌"和中餐绝妙地搭配在一起，使洋酒配中餐变得合适、合理。

图书在版编目（CIP）数据

大董美食随笔 / 大董著. — 广州：广东人民出版
社，2021.5

ISBN 978-7-218-14465-8

Ⅰ．①大… Ⅱ．①大… Ⅲ．①随笔－作品集－中国－
当代 Ⅳ．① I267.1

中国版本图书馆 CIP 数据核字（2020）第 167682 号

DADONG MEISHI SUIBI

大董美食随笔

大董 著

出 版 人：肖风华

责任编辑：刘　宇
责任技编：吴彦斌　周星奎
装帧设计：今亮后声＋大董美食地理

出版发行：广东人民出版社
地　　址：广州市海珠区新港西路 204 号 2 号楼（邮政编码：510300）
电　　话：（020）85716809（总编室）
传　　真：（020）85716872
网　　址：http://www.gdpph.com
印　　刷：山东临沂新华印刷物流集团有限责任公司
开　　本：787mm×1092mm　1/16
印　　张：20　　　**字　　数：**213 千
版　　次：2021 年 5 月第 1 版
印　　次：2021 年 5 月第 1 次印刷
定　　价：68.00 元

如发现印装质量问题，影响阅读，请与出版社（020-85716849）联系调换。
售书热线：（020）85716826